Johanna Kierberg

***

Helgoland Express

Igel-Verlag
werkstatt

Kierberg, Johanna

Helgoland Express

Roman

1. Auflage 2007 | ISBN: 978-3-86815-002-5

© Igel Verlag GmbH 2007, Hamburg
(www.igelverlag.com). Alle Rechte vorbehalten.

Umschlaggestaltung: Katharina Meester

Herstellung: Hohnholt Reprografischer Betrieb GmbH,
Bremen (www.hohnholt.com).

Die Deutsche Bibliothek verzeichnet diesen Titel in der
Deutschen Nationalbibliografie. Bibliografische Daten
sind unter http://dnb.ddb.de verfügbar.

Dies ist ein Roman. Nichts an diesem Buch ist wahr, vielleicht mit Ausnahme der Schilderung des norddeutschen Herbstwetters und der besonderen Verhaltensweisen von Hannoveraner Jungakademikern auf einem Betriebsausflug.

Insbesondere die despektierliche Darstellung der Verhältnisse bei „Helgoland Express" hat nichts mit den tatsächlichen Verhältnissen der Inselfliegerei zu tun. Aber die Realität ist glücklicherweise auch viel langweiliger als dieses Buch.

1

Alles war wie immer. Das Viertel heruntergekommen, die Januarnacht pechschwarz, der Regen überall, der Tatort ein Blitzlichtgewitter, das Haus baufällig, der Flur verschmiert, das Wohnzimmer ein Trümmerhaufen, Möbel und Fernseher versetzt, der Geruch von Hasch, Eiter und Fäkalien in der Luft, in der Küche die verzweifelt heulende spindeldürre Freundin am Arm eines hilflosen Sanitäters, auf dem Klo der Mann, eher noch ein Jugendlicher, gelbe Haut aus Wachs, abgemagert, nur noch ein Strich in der Landschaft, groß, zerzauster Bart, wirre blonde Haare, riesige Augäpfel, Ausschlag im Gesicht, dreckige Klamotten, die Arme voller Einstiche, um den Hals ein altes Abschleppseil. Ein Junkie, wieder mal. Einer weniger, und die Freundin würde bald folgen, so oder so. Keine große Sache.

Alles war wie so oft. Das Viertel bürgerlich, das Häuschen adrett, die Diele gebohnert, der Flur voller glücklicher Familienbilder, die wehrhafte Schrankwand vom Möbelhaus Meyerhoff, die Menschen starr vor Fassungslosigkeit und Entsetzen. Diese Wunde würde keine Zeit der Welt mehr heilen.

„Selbstmord?"

„Ja, ganz sicher. Es gibt keinen Zweifel. Die, äh, Umstände, und wir haben eine Zeugin … Es tut mir sehr leid."

„Aber es wird doch ermittelt, oder?"

„Es tut mir leid. Das war ganz eindeutig ein Selbstmord. Wirklich."

Er verhaspelte sich, wie so oft in diesen Situationen.

„Es tut mir sehr leid. Wenn wir noch etwas für Sie tun können … aber vielleicht sprechen Sie besser mit dem Pfarrer. Der hilft Ihnen sicher."

Er hatte noch „mehr als ich" sagen wollen, aber das gehörte sich nicht für einen Polizisten. Er hatte auch so nichts mehr zu sagen. Was er hätte sagen können, hätte er schon vor Jahren auf Tonband aufnehmen können, es war immer das Gleiche.

„Hätten Sie sich früher mal besser um Ihr Kind gekümmert! Dann wäre das hier vielleicht nicht passiert! Überhaupt, früher hätte es so etwas nicht gegeben!"

Aber das hätte jetzt auch nichts mehr genützt. Also sagte er gar nichts mehr.

2

Der Flugplan war abgesegnet, die Vorfeldkontrolle abgehakt, die Ladung verstaut. Das Wetter um Helgoland war mies, Regen und tiefe Wolken, aber nichts Ungewöhnliches im Oktober.

Er ging die paar Schritte zum Terminal und nahm seine beiden Passagiere in Empfang. Bei „Helgoland Express" war er Verkäufer, Kontrolleur, Bodenpersonal, Stewardess und Pilot in einem, wie bei einem Kinderkarussell.

Eine schlecht gelaunte hübsche Blondine, so zwischen fünfundzwanzig und dreißig, vermutlich polnisches Zimmermädchen auf der Rückreise. Keinen reichen deutschen Macker abbekommen, was? Na ja, vielleicht klappt es beim nächsten Mal. Der Mann: alt, weiß und langweilig, mit einem zerknitterten Lächeln, unehrlich, aber besser als gar kein Lächeln. Der Mann hatte wahrscheinlich Angst.

Er begrüßte seine Passagiere und erklärte ihnen kurz den Gebrauch der Schwimmwesten. An Bord war dazu kein Platz. Dann marschierten sie zu seiner Maschine, die im Nieselregen sogar etwas glänzte und nicht ganz so abgenagt aussah.

Wann immer sich die Passagiere besorgt nach dem Zustand seines Flugzeugs erkundigten, verwies er sofort auf die strengen Sicherheitsbestimmungen des Luftfahrtbundesamtes, die jede Maschine im Linienverkehr so sicher wie Abrahams Schoß machten. Dass die Realität anders aussah, ging keinen was an, außerdem stellte heute niemand Fragen.

Einer der wenigen Vorteile der Islander bestand darin, dass sie nur über wenige Bordsysteme verfügte und die Checks schnell über die Bühne gingen. Druckkabine, Klimaanlage, Einziehfahrwerk, Wetterradar, Enteisung? Nicht bei „Helgoland Express".

Nach ein paar Minuten liefen beide Motoren rund genug und er rumpelte zum Startpunkt. Ein letzter Check, und ab ging die Post. In einer hastigen Linkskurve setzte er gleich nach dem Abheben direkten Kurs auf Luneort, den Flughafen von Bremerhaven.

Er hatte nach dem Start nicht viel zu erledigen, deshalb gönnte er sich hin und wieder einen Blick auf seinen weiblichen Passagier, der vorschriftswidrig neben ihm im Cockpit saß. Der Verstoß lohnte sich. Strohblond, echt, nicht gefärbt, für so etwas hatte er einen Blick, enges T-Shirt, kurzer Rock. Leider war es zu laut für Konversation, außerdem drückte ihre Miene ziemliche Angst aus. Kein Wunder, ohne seine Zauberpillen hätte er auch Angst gehabt. Er grinste die Frau zuversichtlich an, wie er das auf der Flugschule gelernt hatte, aber sie reagierte nicht. Blöde Kuh.

Wegen der niedrigen Wolkendecke entschloss er sich, niedriger zu fliegen. Er funkte die Flugsicherung in Bremen an und teilte mit, dass er auf 1.500 Fuß bleiben würde, was mit einem kurzen o.k. kommentiert wurde.

Also gut. Autopilot ein, bequem hinsetzen und die nächste Viertelstunde verdösen. Dann würde schon wieder der Anflug auf Luneort auf dem Programm stehen. Er gähnte so herzhaft, dass man alle seine Plomben sehen konnte. Mal sehen, vielleicht würde mit der blonden Polackin nachher noch was laufen. Als Pilot hatte man da ja immer noch ein paar Vorteile. Blöd, dass er nicht aufgeräumt hatte. Sein Schlafzimmer sah aus wie Hulle.

Er warf einen kurzen Blick nach draußen. Immerhin flog er nach Sichtflugregeln und da musste man sich schon hin und wieder umschauen, auch wenn die Lotsen ihn immer auf dem Schirm hatten.

Wolken, Regen, See. Alles grau, bis auf die Wolkenfetzen. Die waren weiß. Wie die mysteriösen Erscheinungen im Bermuda-Dreieck, die verschollene Piloten kurz vor ihrem Ende ausgemacht haben wollten. Er musste unwillkürlich grinsen. Ausgemachter Quatsch. Vielleicht hätte er doch nicht so viele Zauberpillen einschmeißen sollen.

Oder mehr. Bei dieser Lieferung war die Qualität ziemlich daneben. Er griff in die Brusttasche seines Pilotenhemdes, warf einen verstohlenen Blick auf die Blondine und schluckte den kleinen runden Freund schnell runter.

Er gähnte wieder.

Noch bevor er seinen Mund wieder zugeklappt hatte, bemerkte er die gewaltige Wolkenformation voraus. Riesig, weiß, scheinbar voller Gischt, ein gefrorener Wasserfall, nur unendlich breiter und höher. Er beugte sich vor und starrte angestrengt aus dem Cockpit. Zum ersten Mal wünschte er sich ein Wetterradar. So eine Wolkenwand hatte er noch nie gesehen.

Ausweichen war unmöglich, rechts und links war kein Ende in Sicht und drüber hinweg kam er mit seinem untermotorisierten Vogel sowieso nicht. Der kräftige Rückenwind trieb ihn geradewegs auf die Wand zu. Umkehren? Weiterfliegen? Es darauf ankommen lassen?

Auch die See sah mit einem Mal ganz anders aus, grün und schäumend und voller Gischt. Er krampfte sich am Steuerhorn fest und schaltete den Autopiloten aus. Das war Vorschrift in unklaren Situationen, daran konnte er sich noch dunkel erinnern.

Die Bremer Flugsicherung war an diesem Samstag nur notdürftig besetzt. Kaum noch Charterbomber in den Süden, ein paar Linienflüge, einige Sportflieger. Genug Zeit zum Kaffeetrinken mit gelegentlichen Blicken auf das Radarbild.

„Sag mal, die HEX 007, ist die eigentlich schon gelandet?"

HEX war die Abkürzung für Helgoland Express.

„Weiß nicht, wieso?"

„Ich hab die nicht mehr auf dem Schirm."

„Hat der sich abgemeldet?"

„Nur, dass er auf FL 15 runter wollte."

„Ruf ihn doch mal."

Einige Minuten und einen großen Kaffee später:

„Der antwortet nicht."

„Vielleicht Funke kaputt. Haste die Gurke mal in natura gesehen? Da verlierste den Glauben."

„Trotzdem. Ich ruf mal Helgoland."

Noch ein paar Minuten und zwei Apfelberliner später:

„Komisch. Der ist pünktlich los. Take off vor 35 Minuten. Aber in Luneort ist er nicht angekommen. Die rufen den auch schon vergeblich."

„Tja. Ich weiß auch nicht. Aber wenn die Funke kaputt ist, dann ist die halt kaputt."

„Ich ruf mal die grauen Panther in Wittmund an."

In Wittmund war die militärische Luftraumüberwachung angesiedelt.

„Die haben den auch verloren, ungefähr 10 Meilen südlich von Helgoland."

„Dann gib doch Alarm."

„Sekunde, eben noch aufessen."

In der Bremer Leitstelle der Deutschen Gesellschaft zur Rettung Schiffbrüchiger wunderte man sich über die undeutliche Aussprache des Anrufers.
„Wo ist der runter? Ich verstehe Sie nicht."
„Nochmals. Wir haben den etwa 10 Meilen südlich von Helgoland vom Radar verloren. Kurs bis dahin 175. Eine Britten-Norman 2B, zweimotoriger Hochdecker für 8 Paxe. Weiß und blau. Kennung D-DOPE. Großer Schriftzug „Helgoland Express" in Orange. Drei Personen an Bord, soweit wir wissen. Übliche Rettungsmittel, also Schwimmwesten und Floß mit Peilsender. Äh, soweit wir wissen."

Der SAR-Helikopter von Helgoland war bereits nach fünf Minuten an der angegebenen Stelle.

Die Besatzung hielt nach Wrackteilen, Schwimmwesten, Rettungsflößen, Ölteppichen und Leichen Ausschau. Außerdem versuchte sie, den Notsender der Maschine anzupeilen.

Der Hubschrauber drehte immer weitere Kreise, bis südlich bereits die Einfahrt zu Weser und Jade durch die Gischt schimmerte. Das Hochwasser war seit einer halben Stunde überschritten, deshalb richteten die Flieger ihr Augenmerk auf die offene See.

Langsam wurde das Kerosin knapp. Auf dem Rückflug sahen sie zwei Seenotrettungskreuzer und ein versprengtes Segelboot auf dem Weg nach Helgoland.

Die Rettungszentrale entschloss sich jetzt, Großalarm auszulösen und das Luftfahrtbundesamt zu unterrichten.

Amtsrat Friedhelm Peter aus Braunschweig war ein Beamter aus Leidenschaft. Er war zwar nur ein kleines Licht im Behördengestrüpp, aber er lauerte rund um die Uhr auf seine große Chance. Eines Tages käme das Glück in Gestalt eines Unfalls zu ihm, den er alleine untersuchen dürfte, nicht diese Team-Arbeit, wie sie das nannten, bei der er immer Kaffee besorgen musste. Und wenn an einem Wochenende sein Diensthandy klingelte, nahm er vorsichtshalber Haltung an.
„Hier Amtsrat Peter, Bundesstelle für Flugunfalluntersuchung beim Luftfahrtbundesamt. Was liegt an?"
Sein Chef gähnte hörbar.

„Ja, ja, ruhig bleiben. Wir haben einen vermissten Flieger bei Helgoland rein bekommen. Vermutlich abgestürzt. Nichts Wildes, wahrscheinlich der übliche fliegende Schrotthaufen. Können Sie das klar machen? Sie wissen ja, dass die ganze Abteilung zur Fortbildung auf den Bahamas ist."

Und ob er das wusste, schließlich hatten sie ihn nicht mitgenommen.

Amtsrat Peter schlug erst am späten Nachmittag im Bremer Tower ein. Drei Stunden hatte er damit vertrödelt, sich mit der Wochenendbereitschaft vergeblich um die Nutzung der behördeneigenen Beechcraft zu streiten. Also musste wieder mal der weiße Polo herhalten. Die Schmach zehrte noch an ihm, was er mit markigem Auftreten auszugleichen versuchte.

„Das gibt es doch gar nicht. Der muss doch irgendwo sein."

Die Bremer hatten noch immer keine Spur von dem Flugzeug. Der Leiter der Flugsicherung zuckte mit den Achseln.

„Vielleicht notgewassert und abgesoffen."

„Dann hätte er doch aber einen Notruf abgesetzt, oder?"

„Vielleicht war das Funkgerät kaputt."

„Und der Notsender?"

„Vielleicht war der zufällig auch kaputt."

„Das wären aber ein bisschen viele Zufälle."

Peter war sauer.

„Was laufen denn noch für Suchmaßnahmen?"

„Das volle Programm. Von Nordholz ist eine Atlantic der Marineflieger aufgestiegen, der Hubschrauber von Helgoland ist wieder unterwegs, zwei Rettungskreuzer durchforsten die Gegend."

„Wo könnte er denn gelandet sein?"

„Theoretisch in Mariensiel, in Harlesiel, in Norddeich und auf den ostfriesischen Inseln. Aber da ist er nicht. Und natürlich auf jeder größeren Wiese. Mit der Maschine kann man überall …"

„Ja, ja, das weiß ich selbst. Wie viel Sprit hatte er in den Tanks?"

„Viel. Er hat gestern in Luneort voll getankt und ist damit nur einmal nach Helgoland geflogen. Da hat er immer noch genug Sprit für etwa 700 Meilen."

„Was war an Bord?"

„Der Pilot. Zwei Passagiere. Sonst nichts."

„Und die Maschine?"

Der Fluglotse sah auf seinen Spickzettel.

„BN 2B, Baujahr 1971, etwa 56.000 Stunden auf der Uhr, ziemlich abgenudelt. Aber, soweit wir wissen, alles nach Vorschrift."

„Wo hat die Airline ihren Sitz?"

„Luneort. Aber Airline ist ein großes Wort. Ein Pilot, ein Flugzeug, kein Geld. Das war's auch schon."

Peter pumpte sich auf.

„Luftverkehrsrechtlich ist das trotzdem eine Airline."

Verwaltungsrechtlich bist du Klugscheißer ja auch ein Beamter. Das sagte man aber besser nicht laut. Immerhin war Peter Repräsentant des ungeliebten Luftfahrtbundesamtes und man musste ihn unterstützen, ob man wollte oder nicht.

„Was wollen Sie jetzt machen?"

„Ich fahre morgen nach Luneort und besorge mir alle relevanten Unterlagen. Äh, und ich brauche hier ein Büro."

Ihm entgingen die entgeisterten Mienen am Tisch, weil er sich gerade mit einem heftigen Ruck ein großes Büschel Kitzelhaare aus der Nase riss.

Der abgebrochene Versuch eines Interviews mit Reportern der „Nordsee-Zeitung" am darauf folgenden Sonntag verdeutlichte, dass Peter nichts zu sagen hatte außer, dass der Vorfall rätselhaft war. Man beschloss deshalb bei der Zeitung, den Vorfall zurückhaltend in die Schublade „Unfall mit Kleinflugzeug" zu stecken. Davon gab es jeden Monat ein oder zwei. Das war so aufregend wie die Frisur von Sabine Christiansen.

Die Polizei war gebeten worden, die Angehörigen der Passagiere von Helgoland Express Flug 007 zu benachrichtigen. Das war normalerweise keine Sache, die das Luftfahrtbundesamt weiter interessierte, denn die Passagiere waren in aller Regel nicht am Absturz einer Maschine schuld und von einem Terroranschlag konnte man beim besten Willen nicht ausgehen, auch in diesen Zeiten nicht.

Dennoch war die Mitteilung der Polizei, dass beide Passagiere anhand der bekannten Daten nicht zu identifizieren seien, schon erstaunlich. Außer den Namen hätten sich keine Angaben bei Helgoland Express gefunden. Eine Frau, ein Mann. Janina Isenbarth und Gerold Krämer. Keine Adressen. Man versuche es weiter. Peter nahm das zur Kenntnis und vergaß es gleich wieder. Was kümmerten ihn die Leichen der Passagiere? Hauptsache, er hatte die Daten des Piloten, der war natürlich für eine Unfalluntersuchung wichtig.

Karl Buschhammer, Mitte vierzig, Pilot und Eigentümer der Fluglinie. Ein ehemaliger Bundeswehrpilot, der sich nach seiner aktiven Dienstzeit mit Gelegenheitsjobs über Wasser gehalten hatte, bis er seine eigene Airline gründete, deren finanzielle Verhältnisse zum Himmel schrieen. Die Korrespondenz mit seiner Geschäftsbank nahm bedrohliche Ausmaße an. Sonst ergab die erste Durchsicht des winzigen Büros von Helgoland Express auf dem verwaisten Flughafen Luneort nichts Greifbares.

Das Flugzeug gehörte natürlich nicht Buschhammer, sondern einer „O&W Flugzeugbetriebsgesellschaft bürgerlichen Rechts" aus Hannover, die vermutlich das Kapital zugeschossen hatte. Warum gab jemand so einer Airline Kredit? Das interessierte Peter nicht wirklich, viel wichtiger war ihm die formelle Ordnung. Und die war auf den ersten Blick durchaus gegeben. Buschhammers Lizenz war gültig, die Betriebsgenehmigung und die Wartungsunterlagen der einzigen Maschine lagen brav in dem altersschwachen Regal im Hinterzimmer des Büros von Helgoland Express.

Ein Gespräch mit dem Wetterdienst ergab, dass am Samstagvormittag ein Tief aus Nordwest mit Windgeschwindigkeiten von dreißig bis vierzig Knoten über die Deutsche Bucht gezogen war. Die Wolkenuntergrenze lag bei etwa zweitausend Fuß und es regnete. Alles kein Grund abzustürzen. Ein besoffener Fischer hatte noch eine gewaltige Windhose bei Wangerooge gemeldet, aber das war ein Fall für die Ausnüchterungszelle.

Irgendwie hatte Amtsrat Peter das Gefühl, bei dieser Flugfalluntersuchung überall ins Leere zu treten. Nichts Konkretes, keine Fakten, keine klaren Aussagen. Das war nichts für ihn und seine Ambitionen.

Wenigstens waren das Hotel gut und der nörgelnde Chef weit weg. Peter rief, wie jeden Sonntag, seine Mutter zu Hause an. Während des Telefonates schielte er nach der Vorschau des hoteleigenen Schmuddelkanals. „Blutjung und unersättlich" und „Tolle Dinger."

„Ja, mach ich. Tschüß, Mutti. Ja, ganz bestimmt. Tschüß."

Peter wählte als Reminiszenz an Mutti die tollen Dinger.

3

Wer hatte eigentlich die Idee zu diesem Arbeitsurlaub gehabt? Es musste ein Vollidiot und Sadist sein, also die Chefin.

Gruppendynamik sollten sie trainieren, Teamwork, aufeinander Rücksicht nehmen, besser miteinander auskommen. Lachhaft! Die Arbeitsgruppe „New Media" der Hannoveraner Interwing AG bestand überwiegend aus Frauen, damit hatte sich das mit dem Teamgeist schon im Vorfeld erledigt.

Die innerbetriebliche Schönheitskonkurrenz beherrschte das Klima und sonst nichts. Gut, nicht jeder war von Natur aus schön, aber da ließ sich nachhelfen. Schönheitschirurg, Friseur, Schminktopf, Edelklamotten, viel Gel für die Haare, damit die so aussahen wie original drei Wochen nicht gewaschen.

Freilich gab es hier, auf der Nordsee, weder einen Schönheitschirurgen noch einen Friseur noch Platz für einen Schminktopf. Und Haargel wurde erstmals seit langem wieder durch Körperausscheidungen ersetzt.

Kapitän Henry Wilt, erfahrener Skipper der „Medusa", hatte so eine Gruppe zutiefst lebensuntüchtiger Menschen noch nicht erlebt. Dabei unternahm er öfters Tagestörns mit schwer erziehbaren Jugendlichen, er kannte sich also mit Randgruppen aus. Aber als er die perfekt gestylte Gruppe in Harlesiel übernahm, schwante ihm Böses.

Die paar Männlein in dünnen Flanellhosen und hochglänzenden Schuhen mit arschglatter Ledersohle und gewaltigen Metallschnallen ohne jeden Zweck und Verstand, oben herum in Designer-Lederjacken, natürlich zu nichts zu gebrauchen, nicht mal wasserdicht oder auch nur vernünftig zu verschließen. Tinnef. Und das Leder sah aus wie der zehn Jahre alte Skaibezug seiner Ruderbank.

Aber erst die Frauen! Da blieb ihm endgültig die Spucke weg. Der Oktober war wirklich nicht die ideale Jahreszeit, um in Seidenkostüm und Stöckelschuhen durch den Hafen zu trippeln und nach einer hippen Cocktailbar Ausschau zu halten.

Für Christina begann die Reise verheißungsvoll. Auf der Anfahrt im Bus hatte Harald, der Pickelige aus der EDV, ihr frech zugegrinst. Das war neu, bislang hatte sich ihr Körperkontakt darauf beschränkt, dass Harald sie einmal auf dem Gang umgerannt hatte. Allerdings genoss Harald in der Firma keinen guten Ruf. Egal, Harald war durch sein tollkühnes Manöver in den Kreis der engeren Kandidaten aufgenommen. Außerdem kam Harald aus dem Osten, die sollten ja potent bis zum Abwinken sein. Quasi die Neger des Westens.

Sie hatte sich extra für die Seereise neu ausgestattet. Seidenunterwäsche, ein todschickes Kostüm (in ihrer Größe nur schwer zu bekommen), Pumps, ein Top mit einem Ausschnitt bis zum Nabel. Wenn es hier oben nur nicht so arschkalt wäre!

In ihrer Vorstellung ging es auf ein Traumschiff mit exklusiven Kabinen, super Service, Kerzenschein, sanft schaukelnd, kurz: die perfekte Atmosphäre zum Hochputschen des männlichen Hormonspiegels. Die „Medusa" war hingegen so erotisch wie ein Bauarbeiterklo im Regen.

Doch damit nicht genug. Zwei supersmarte Vordenkerinnen der Abteilung „New Media" wurden ihrer angeborenen Führungsrolle gerecht und verbreiteten ohne Unterlass Frohsinn und Schabernack. Erst hatten alle anderen normal reagiert, aber dann sprach sich herum, dass diese Reise unter „Charaktereigenschaften" in die Personalbögen eingehen würde, und schon brachen die ersten Schleimbeutel aus der Phalanx der Gute-Laune-Verweigerer aus. Spätestens jetzt war die Geschichte nur noch mit einer frischen Prise Kokain und Pillen zu ertragen.

Christina sah aus den Augenwinkeln, wie ihr EDV-Pickel an Deck schwankte. Vielleicht ließ sich ja da oben was arrangieren. Mit ein bisschen Druck. Christina war gut im Drücken.

Harald hatte einen Riesenspaß auf der „Medusa". Bier und Pillen satt. Gutes Essen, ganz wie früher im Osten, Nudeln mit Würstchen, endlich mal kein Designerfraß, und vor allem überall geile Bräute, die ihm nicht entkommen konnten.

Allerdings hatte sich die entzaubernde Enge an Bord und das viele Bier dämpfend auf die Libido aller, einschließlich seiner, ausgewirkt. Nur die rothaarige Hexe aus dem Call-Center durchbohrte ihn mit unvermindert verzehrenden Blicken, aber an der würde sich nicht einmal er vergreifen. Das ginge wirklich zu weit, diese Bohnenstange mit Schuhgröße 44 anzurühren. Einmal, daran konnte er sich noch erinnern, hatte er sie auf dem Flur umgerannt. Versehentlich, nicht wie sonst bei den anderen.

Verdammt, jetzt kam die auch noch hinterher, dabei wollte Harald doch nur still und leise die Fischlein füttern.

„Na, du."

„Na."

Der rote Teufel begann, über das ganze Gesicht zu grinsen, was die Sache nicht besser machte.

„Du, ich find dich echt klasse. Ehrlich."

„Ich mich auch."

Es entstand eine ungemütliche Pause, aber so leicht gab Christina nicht auf.

„Was machst du denn hier? Du hast bestimmt auf mich gewartet, ne?"

„Ich halte nach Seehunden Ausschau."

Klar, neben ihm stand schon so ein Viech.

„Toll. Guck mal, da schwimmt einer."

Christina deutete auf einen schwarzen Gegenstand im Wasser und drehte sich zum Skipper um.

„He, Sie da! Passen Sie doch auf! Sie rammen ja den Seehund da vorne rechts!"

„..."

„Passen Sie doch auf, Sie fahren genau drüber!"

„Jo, jo."

„Jetzt sind Sie drüber gefahren, Sie Mörder!"

Kapitän Wilt spürte, wie ein Ruck durch sein Schiff ging. Das hatte etwas zu bedeuten, denn seine „Medusa" mit ihren dreißig gusseisernen Tonnen war eigentlich durch nichts aus der Ruhe zu bringen. Was immer er rammte, blieb normalerweise pulverisiert im Kielwasser zurück. Auch in dieser Beziehung verfügte er über viel Erfahrung.

„Ich zeige Sie an, Sie gemeiner Seehundskiller, Sie!"

Wilt spürte, dass das Ruder schwerer ging und die Drehzahl der Maschine abfiel. Hatte sich da etwas am Unterwasserschiff verfangen? Das kam hin und wieder vor. Ein treibendes Netz, losgerissene Bojen, Tampen. Aber sicher keine Seehunde. Leider auch keine kielgeholten Jungdynamiker aus Hannover.

„Heiner!"

Das war sein Bootsmann, der sich angesichts der Güteklasse der Passagiere auf dieser Reise ausschließlich in seiner Koje aufhielt.

„Was'n los?"

„Wir ham was in der Schraube."

„Ja. Ihr hundsgemeiner Kapitän hat einen Seehund totgefahren."

„Super!"

Heiner strahlte. Er entstammte einer ostfriesischen Fischerdynastie und konnte Seehunde nicht leiden.

„Nee, da ist wirklich was."

Heiner schnappte sich den längsten Bootshaken und schlappte nach achtern.

„Der Prop hat was abgekriegt. Ruder auch."

Heiner prökelte mit dem Bootshaken am Ruderblatt herum.

„Krieg ich so nich ab. Hängt fest. Wat nu?"

Wilt überlegte einen Moment.

„Wangerooge."

Da konnte man sich das Ruder in Ruhe ansehen und hatte notfalls Hilfe. Und vor allem hatte man dieses bekiffte Rudel für ein paar Stunden von Bord.

Der Hafen von Wangerooge entsprach so gar nicht der Vorstellung der Passagiere vom Glanz und Glamour eines Kreuzfahrerstützpunktes. Wo waren nur die Cafés, die Kneipen, die Läden, die Juweliere?

Hier gab es nur ein paar Container, die aus unerfindlichen Gründen auch noch auf Stelzen standen und mit so einladenden Aufschriften wie „Damen" und „Herren" versehen waren.

Zusammen mit dem Pulk ihrer Kollegen latschte Christina zur Inselbahn vor dem Fähranleger, wo ein leibhaftiger Schaffner gar nicht fassen konnte, was da um diese Jahreszeit noch auf ihn zukam.

„Wir fahren erster Klasse."

„Hier gibt's nur erste Klasse."

Blöde Inselaffen. Die hatten es gerade nötig!

„Wo issn hier die nächste Cocktailbar?"

„Hamburch."

„Mist."
„Jo."
„Geht nich."
„Nö."
Wilt und Heiner kämpften verbissen mit dem Anhängsel an ihrem Ruder. Zwei Bootshaken reichten nicht aus.
„Wartet mal, ich helfe Euch."
Klaus, der servile Hafenmeister von Wangerooge, sprang in sein Schlauchboot und manövrierte vorsichtig unter das Heck der „Medusa".
„Sieht aus wie ein Sack oder so. Ich weiß auch nicht. Ich versuch mal, das Ding loszuschleppen."
„Jo."
Klaus war nicht von hier, wie man seiner ungezügelten Redeweise entnehmen konnte. Aber nach vielen Jahren auf der Insel hatten sich die Einheimischen an ihren festlanddeutschen Sklaven gewöhnt. Praktisch veranlagt war er ja.
Klaus knotete unter den kritischen Augen von Wilt einen sauberen Palstek um irgendetwas unter dem Ruder der „Medusa" und brachte sich in Position.
Vorsichtig streichelte er den Gashebel. Wilt und Heiner halfen ihm, indem sie immer heftiger mit ihren spitzen Bootshaken auf das Bündel einstießen, als wäre das ein Stier in der Arena. Klaus war inzwischen bei Vollgas angelangt, der Außenborder brüllte auf und erzeugte einen gewaltigen Schwell, in dem sich das Bündel langsam vom Schiff löste. Wilt stieß noch einmal besonders heftig zu.
„Jo!"
„Jo!"
„Ja! Super! Super! Es kommt! Es kommt!"
Das war Klaus, der Laberkopp.
Das Bündel löste sich tatsächlich von der „Medusa" und trieb im Schlepptau des Schlauchboots durch den aufgewühlten Hafen, der nur langsam wieder zur Ruhe kam.
Wilt und Heiner zündeten sich erst einmal eine Zigarette an, während der neugierige Klaus genauer untersuchte, was er im Schlepptau hatte.
„Hee, das ist ja ein Mensch!"
„Oha."

„Der ist tot!"
„Dat wundert mich nich."

Strandräuberei war auf Wangerooge zwar fast ausgestorben, aber wäre zum Beispiel ein Kreuzfahrtschiff gestrandet, so hätte die halbe Inselbevölkerung (also der gerade nüchterne Teil) mit atemberaubender Geschwindigkeit alles nicht niet- und nagelfeste von Bord geholt.

Doch im Zeitalter von Radarketten, satellitengestützter Navigation und Wetterfax passierte das nicht mehr.

Irgendein Ureinwohner hatte zwar eines Tages beim Gemeinderat den Antrag gestellt, auf der autofreien Insel Wangerooge zum Zweck der Überführung den Strand und die Wege mit Autos benutzen zu dürfen. Zuerst dachte man, das sei ein im Suff ausgebrüteter Scherz, aber nein, der Kollege hatte sich durchaus Gedanken gemacht. Was wäre, wenn einer der vielen nach Bremerhaven gehenden Autotransporter stranden würde? Dann müsste man die Autos doch bergen und in Besitz nehmen. Dann würden vermutlich auf jeden Einwohner zwanzig Autos entfallen und das müsse ja wohl im Sinne einer vorausschauenden Kommunalpolitik geregelt werden, oder etwa nicht? Man müsse sich bloß mal überlegen, wie teuer das würde, wenn man für jede Fahrt ein Strafmandat bekäme.

Man einigte sich im Gemeinderat schließlich unter der Hand darauf, dass der Inselpolizist großzügig von jeglicher Ahndung absehen würde, falls dieser unverhoffte Glücksfall jemals eintreten würde. Wangerooger waren schließlich inselweit für ihren Pragmatismus bekannt.

Doch das war nur Theorie, außer tölpelhaften Yachtkapitänen, die Ebbe und Flut verwechselten, strandete hier niemand mehr. Die Wangerooger hatten deshalb schon vor langer Zeit umgeschult. Weg von Strandräuber, hin zu Gastronom und Vermieter, was unter dem Strich der kriminellen Energie der Eingeborenen sehr entgegen kam.

Enno Gogolins Familie hatte diese Umschulung perfekt vollzogen. Sein Hotel „Strandblick" war gemeinhin gut frequentiert, was freilich nichts daran änderte, dass im Herbst, wie überall auf der Insel, absolut nichts mehr los war. Insofern hatte auch der eigentlich nicht auf den Mund gefallene Enno Gogolin zunächst keine Antwort parat, als ihn ein durch die Eingangstür gezwängter ungewaschener Kopf ansprach.

„Ist hier noch etwas frei, bitte schön?"

Auf Anhieb war es Christina nicht gelungen, einen der überhaupt nicht begehrten Plätze neben Pickel-Harald zu ergattern, weil dieser sich, die Gunst der Schrecksekunde nutzend, mit einem lauten „Na, Mädels, alles klar?" auf eine Bank zwischen zwei Grazien aus dem Empfangssekretariat plumpsen ließ.

„Ober, ein großes Blondes! So blond wie meine beiden Häschen hier. Wollt ihr auch was?"

Die Häschen wollten nichts außer ihrer Ruhe, die sie denn auch unverzüglich mit Gewalt durchsetzten, indem die eine ihr volles Glas Cola-Light über Haralds Hose kippte.

„Huups, das tut mir jetzt aber leid."

Hätte Harald jetzt nicht richtig reagiert, wäre umgehend der heiße Cappuccino der Nachbarin zur Rechten gefolgt. Aber Harald hatte verstanden, es war ja nicht das erste Mal.

Christina kalkulierte sofort kühl, dass ihr Harald nach zwei bis drei Minuten wieder von der Toilette zurückkommen würde, und sorgte mit ein paar fiesen Handgriffen dafür, dass die schüchterne Auszubildende rechtzeitig den Platz neben ihr räumte. So kam es, dass Harald diesmal keine Chance hatte, dem roten Teufel zu entkommen.

„Jetzt wird's richtig gemütlich. Soll ich deine Hose abrubbeln? Die ist ja noch ganz feucht."

Harald hangelte sich tapfer von Glas zu Glas.

Sein Selbstbewusstsein erholte sich mit jedem Promille. Langsam fühlte er sich wieder als der Magnet für richtige Frauen, der er von Natur aus war. Nicht für solche Wurmfortsätze des Geschlechterkampfes wie diese rothaarige Teppichrolle, die sich an ihm schubberte, als wäre er ein Kratzbaum.

Eine Weile konnte er in Ruhe und unbeachtet trinken, denn der aufgeregte Inselpolizist vernahm die Truppe. Man habe unter der „Medusa" eine Leiche gefunden! Eine unbekannte, nicht identifizierbare Leiche! Ob vielleicht jemand aus der Gruppe fehle?

Leider nicht, erklärte eine der Empfangsblondinen mit Blick auf Harald.

Na gut, dann eben nicht. Ein Prophet galt nichts im eigenen Land. Also musste Harald sich endgültig nach außerbetrieblichen Alternativen umsehen.

Die waren freilich in dieser Jahreszeit dünn gesät. Er bemerkte erst jetzt die Blondine am Nachbartisch. Super! Das war bestimmt keine von diesen eingebildeten Stadtzicken. Die Gelegenheit war günstig.

„Hopsa."

Er baute sich schwankend vor der Blondine auf.

„Darf isch misch setzen?"

„Nein."

„Hören Sie, isch bin extra ..."

Harald verlor den Faden, das kam in der Aufregung hin und wieder vor.

„Ja?"

„Äh, isch bin extra ..."

„Was denn?"

„Äh, isch bin extra ..."

„Was denn nun?!"

Ein älterer, hagerer Mann mit weißen Haaren trat unvermittelt in Haralds Gesichtskreis.

„Lassen Sie bitte die Dame in Ruhe!"

„Ej, Opa, du bissoch vieh zu alt für ..."

„Lassen Sie uns bitte in Ruhe."

Harald wurde laut, kein Wunder bei der ungerechten Behandlung.

„Isch will doch nur mal wieder eine Frau ..."

Harald spürte auf einmal, wie sich die Erde drehte. Der weißhaarige Mann nahm ihn ganz lässig in einen Klammergriff und lieferte ihn wie ein Postpaket bei der erleichterten Christina ab.

„Passen Sie ein bisschen besser auf Ihren Freund auf."

„Klar. Können Sie mir diesen Griff auch beibringen?"

Der Rest des Wochenendes versank für Harald unter einem gnädigen Schleier des Vergessens, gewoben aus Alkohol, Joints, Pillen und einer roten Hexe, die ihn sturmreif schoss und anschließend mit lautem Getöse eroberte.

4

Am Montag begann die reguläre Arbeitswoche. Das war ein Umstand, der den sehr an formalen Strukturen hängenden Amtsrat Friedhelm Peter inspirierte, nach neuen Lösungen zu suchen, die am Wochenende schon wegen der damit verbundenen beamtenrechtlichen Erholungspflicht ausgeklammert wurden.

Natürlich hatte man die groß angelegte Suche heute früh wieder aufgenommen, aber Peter ahnte schon das Ergebnis. Nichts, gar nichts. Als ob „Helgoland Express" fliegende Unterseeboote betrieb. Jetzt konnte Peter eigentlich nur noch auf den Zufall hoffen, dass sich das Flugzeug in einem Fischernetz verheddern würde. Da die meisten Fischer aber schon lange ihre magere jährliche Fangquote verprasst hatten, war auch das nur ein winziger Hoffnungsschimmer.

Dabei war das Ganze doch gar nichts weiter als ein dämlicher Routinefall. Mit keinem Flugzeugtyp auf dieser Welt geschahen mehr Unfälle als mit solchen kolbengetriebenen Zweimots. Deren Motoren waren nun mal allesamt Uralt-Konstruktionen aus den Vierzigern. Die Dinger gingen ständig kaputt. Durfte man nicht laut sagen, stimmte aber. Dagegen war ein Käfermotor Hightech.

Natürlich flog so ein Oldtimer der Lüfte auch mit einem Motor noch, aber das war Theorie. In der Praxis vergaßen die Piloten häufig, wie viel höher die Mindestgeschwindigkeit im Einmotorenflug war, oder schätzten das veränderte Flugverhalten falsch ein. Oder drehten, wie erst kürzlich geschehen, die Seitenrudertrimmung nach einem Motorausfall versehentlich in die falsche Richtung. Zu langsam, zu enge Kurve, zu wenig Auftrieb, Maschine abgeschmiert, Passagiere beerdigt, Versicherung benachrichtigt, Fall abgehakt.

Aber irgendetwas tauchte bei jedem Absturz auf, und sei es nur eine blöde Schwimmweste. Nein, die Sache war ein Rätsel.

Theoretisch war natürlich denkbar, dass das Flugzeug in die Nordsee gestürzt war, ohne beim Aufprall zu zerbrechen, und dann komplett in den Fluten versank. Das würde aber voraussetzen, dass es dem Piloten gelungen war, die Maschine kontrolliert notzuwassern, andernfalls wäre sie zerbrochen und hätte ihren schwimmfähigen Inhalt preisgegeben.

Doch warum gab es dann keinen Notruf? Wenn der Pilot Zeit zum Notwassern hatte? Gut, vielleicht ein Stromausfall an Bord.

Aber das batteriebetriebene Funkgerät? Auch kaputt? In der Aufregung vergessen? Und warum hat der batteriebetriebene Peilsender nicht funktioniert? Klar, auch kaputt.

Und warum wurde kein Treibstofffilm auf der See gesichtet? Das Flugbenzin würde im Wasser immer austreten, und sei es nur über die Tankentlüftungen. Vom Sturm zerteilt? Kaum zu glauben, so schnell, wie der Hubschrauber zur Stelle gewesen war.

Nein, das passte nur zusammen, falls die Maschine in einem verheerenden Zustand und der Pilot ein kompletter Vollidiot war. Und dazu die Rettungsflieger so blind, dass sie auf der See treibendes Benzin übersahen. Aber was sonst?

Peter überlegte angestrengt, was er als nächstes tun sollte. Sein Büro, das ihm die Bremer überlassen hatten, war unendlich viel schöner als seine Nische in Braunschweig und darüber hinaus mit allen modernen Kommunikationseinrichtungen versehen, aber mit wem sollte er in diesem Fall über was kommunizieren?

Ein Klopfen an der Tür riss Peter aus seinen trüben Gedanken.
„Ja."
Oh. Darauf war er nicht vorbereitet. Im Türrahmen stand eine Offenbarung. Blond, schlank, sportlich, eisblaue Augen, verruchtes Lächeln, tolles Kostüm.

„Sind Sie meine neue Sekretärin? Das ist ja wunderbar."
„Nein. Leider nicht. Mein Name ist Kathrin Kockmann, ich bin Journalistin. Ich komme wegen dem Absturz. Bin ich da bei Ihnen richtig?"
„Aber ja. Goldrichtig."
So etwas Goldiges hatte er bei den Fischköppen hier oben noch nicht gesehen. Und wie lieb sie das „leider" betont hatte.
„Sie sind wohl nicht von hier?"
„Nein, ich komme aus Berlin."
„Ah, unsere Hauptstadt. Also, was kann ich denn für Sie tun?"
„Unsere Leser interessiert natürlich in erster Linie, was mit dem Flugzeug ist. Haben Sie das schon gefunden?"
„Nein, das Flugzeug ist spurlos verschwunden."

„Vielleicht ins Wasser gefallen?"
Peter sah die Besucherin mit seinem großen Gönnerblick an.
„Liebe Frau, äh, …"
„Kockmann."
„Ja, also, liebe Frau Kockmann, so ein Flugzeug verschwindet nicht so einfach. Die Nordsee ist schließlich nicht das Bermuda-Dreieck."
Jetzt war erst einmal das offizielle Volksberuhigungsprogramm angesagt.
„Wissen Sie, Flugzeuge sind heutzutage vollkommen sicher. Schauen Sie sich mal unsere Maschine an. Eines der zuverlässigsten Muster überhaupt. Mit zwei Motoren. Selbst wenn davon einer ausfällt, ist die Maschine noch in der Lage, vollkommen gefahrlos ihren Flug fortzusetzen und sicher zu landen. Und dass zwei Motoren gleichzeitig ausfallen, das Risiko ist so gering, da müssten Sie dreißig Jahre jeden Tag ungefähr vierundzwanzig Stunden fliegen, mindestens, um das zu erleben."
„Aber was ist denn dann mit der Maschine geschehen?"
„Vielleicht hat sich der Pilot verflogen."
„Auf der kurzen Strecke?"
„Vielleicht auch ein Feuer an Bord oder ein anderes mechanisches Problem."
„Aber dann hätte er doch einen Notruf abgesetzt, oder?"
„Nicht, wenn das technische Problem die Elektrik betroffen hätte."
„Ist die Maschine vielleicht entführt worden?"
Jetzt lachte Peter ausnahmsweise mal richtig.
„Meine liebe Frau, äh, …"
„Kockmann."
„Ja, äh, liebe Frau Kockmann, also bis Kuba hätten die Tanks aber wirklich nicht mehr gereicht!"
Und, nach einer gönnerhaften Kicherpause:
„Dann hätte sich auch jemand gemeldet. Oder das Flugzeug wäre irgendwo gelandet. Nein, das ist nur was für die Zeitung."
Frau Kockmann blinkte ihre Scheinwerfer auf.
„Was denken Sie denn, was passiert ist?"
„Meine liebe Frau, äh, es ist nicht Aufgabe des Vertreters des Luftfahrtbundesamtes, zu spekulieren. Das geht nun ganz und gar nicht. Wir sind eine Bundesbehörde! Wirklich nicht, liebe Frau, äh, …"

„Und wenn ich Sie ganz nett bitte? Ich verspreche Ihnen auch, nichts davon zu schreiben. Bitte! Ich brauche diese Story und habe von Flugzeugen eigentlich gar keine Ahnung. Bitte helfen Sie mir doch!"

Sie beugte sich weit vor und brachte Peter zum Schwitzen.

„Na ja, aber nur, wenn Sie es nicht weitergeben und mich nicht als Quelle zitieren."

„Ganz bestimmt nicht, Herr, äh, ..."

„Peter. Friedhelm Peter. Amtsrat Friedhelm Peter."

„Herr Amtsrat, bitte, bitte!"

Peter gab sich einen Ruck.

„Also, mein Tipp ist, dass der Pilot tot ist."

„Wie?"

„Herzinfarkt, Gehirnschlag, was weiß ich."

„Nein, jetzt haben Sie mich missverstanden. Ich meine nicht, wie der Pilot gestorben ist, sondern warum Sie meinen, dass er tot sein könnte, Herr Amtsrat."

„Weil das Puzzle nur dann zusammenpasst. Der Pilot startet die Maschine und bringt sie auf Reiseflughöhe. Dann stirbt er und die verzweifelten Passagiere schaffen es nicht, das Funkgerät in Betrieb zu nehmen. Die Maschine fliegt irgendwohin weiter, bis die Tanks leer sind, und stürzt dann ab."

„Dann wären alle an Bord tot, oder?"

„Das ist zu vermuten, ja."

„Können Sie mir eine Passagierliste überlassen, lieber Herr Peter?"

„Nein, das geht nicht, Sie verstehen, Frau, äh ... Datenschutz."

„Können Sie mir denn wenigstens sagen, wie viele Personen an Bord waren?"

„Drei. Der Pilot und zwei Passagiere."

„Und sonst? Ich meine, Fracht?"

„Nein, keine Fracht. Nur Passagiere."

Die Reporterin lächelte ihn jetzt so an, dass es in Peters Hose kribbelte wie bei den tollen Dingern gestern.

„Sagen Sie mal, Herr Peter, können Sie mir vielleicht ein nettes Hotel empfehlen?"

Peters Lebensmut war wiedergekehrt. So eine Prachtfrau, mit der ihn nicht nur das Hotel, sondern auch noch die Luftfahrt verband.

Aber noch im gleichen Moment beschlichen Peter Zweifel. Die Frau war einen guten Kopf größer als er, sah mindestens drei bis vier Klassen besser aus und schien recht selbständig zu sein. Also war das nach Peters bisherigem Erfahrungsschatz keine Frau für ihn. Peters Erfahrungsschatz mit Frauen hätte allerdings mühelos in ein Überraschungsei gepasst.

Das Telefon riss ihn aus seinen Hoffnungen. Die Polizei informierte ihn, dass am Samstag ein Flugzeug im Tiefflug über Borkum gedonnert sei. Mehrere Zeugen hätten das übereinstimmend berichtet. Ob man dem nachgehen solle?

Natürlich, nur zu.

Borkum brachte Peter auf eine Idee. Er machte sich daran, alle Flughäfen in der weiteren Umgebung von Helgoland anzurufen und nachzufragen, ob die Maschine dort gelandet sei. Eigentlich eine ziemlich überflüssiger Arbeit, aber so hatte er etwas zum Füllen der beängstigend schmalen Unfallakte. Jedes Telefonat eine Aktennotiz, jede Aktennotiz eine Seite.

Das Telefon klingelte schon wieder.

„Neudeck, ich bin Chefreporter vom Bremer Kurier."

„Äh, ja, Herr Neudeck, also, es gibt leider gar nichts Neues zu berichten, wir suchen, also, die Maschine …"

„Nein, nein, das interessiert mich gar nicht. Ich will etwas über die Passagiere wissen."

„Ach so. Die Maschine hatte zwei Passagiere an Bord."

„Können Sie mir die Namen und Anschriften geben?"

„Äh, nein, das geht nicht. Die Adressen haben wir selber noch nicht."

„Aha. War denn eine Frau dabei?"

„Ja, eine Frau und ein Mann, soweit wir wissen."

„Eine junge Frau? Blond?"

„Wie kommen Sie denn darauf?"

„Aha. Ich danke Ihnen. Sagen Sie, mal was ganz anderes. Kennen Sie diese Geschichten über das Bermudadreieck?"

Peter lachte freundlich, so gut er das vermochte.

„Natürlich, die kenne ich sehr gut, aber mit so einem Unsinn beschäftigen wir uns nicht. Wir sind eine Bundesoberbehörde."

So hatte Peter beim Abendessen gleich etwas Lustiges zu berichten. Frauen mochten ja angeblich humorvolle Männer. Das Bermudadreieck! Auch Frau Kockmann lachte herzlich über diesen Unsinn.

Übrigens hatte Peter ganz fix herausbekommen, dass seine neue Flamme außergewöhnlich alleinstehend war. Außerdem hatte Peter lernen müssen, was für Alkoholmengen einsame Frauen heutzutage vertilgen konnten. Aber er hielt wacker mit, bei einer Frau war das Ehrensache.

„Wie bitte?"

Peter war in Gedanken gerade wieder bei den dicken Dingern.

„Wollen wir zu dir aufs Zimmer gehen?"

„Was? Äh, ja."

Der überrumpelte Peter versuchte, seine neue Flamme auf dem Gang zu umarmen, aber ihm fehlte eine Krücke. Oben angekommen übergab er sich so leise wie möglich in die Toilette und wusch sich das Gesicht. Zähneputzen, Rasierwasser. Nach ein paar Minuten fühlte er sich wieder besser und verließ das Bad mit einem schiefen Grinsen. Ihm gingen die Augen über.

„Hallo, mein großer Hengst."

Er kroch blitzschnell mit Stielaugen unter die Decke und harrte der Dinge, die hoffentlich geschehen würden.

„Komm, wir trinken erst noch einen Schluck."

Peter war nicht sicher, ob das eine gute Idee war.

Er brauchte einen Moment, um sich zurechtzufinden.

Wer war er? Wo war er? Warum hatte er solche Kopfschmerzen? Ein schreckliches Geräusch wummerte durch seinen Schädel. Das Telefon.

„Jaah?"

„Guten Morgen, ich bin Ihr freundlicher Weckruf. Es ist jetzt genau sieben Uhr dreißig und die Direktion wünscht einen angenehmen und erfolgreichen Tag."

Zitternd legte er das Telefon auf.

Langsam drang die Erinnerung durch die Kopfschmerzen. Essen, Trinken, Würgen, dicke Dinger, Trinken. Das war die Reihenfolge. Aber wie war es danach weitergegangen? Und wo waren die, äh, wo war die Kathrin jetzt?

Als sich Peter nach zehn Minuten aus den Federn wälzte, besserte sich seine Stimmung schlagartig. Auf dem Nachttisch lag ein

Zettel mit dem Text „Du warst wundervoll – Danke" und zwei achtlos weggeworfene Kondome zierten den Teppich.

Er hob eines mit spitzen Fingern hoch. Eindeutig benutzt! Peter erschrak vor sich selber. Schade nur, dass er sich im ersten Moment an nichts erinnern konnte. Oder doch?

Langsam kroch ein krudes Gemisch den Hinterkopf hoch. Der Alten hatte er gezeigt, wo der Hammer hängt! Peter schielte noch mal auf den Fußboden. Tatsache, zwei, er hatte sich nicht verzählt.

Auf dem Weg ins Büro beruhigte sich Amtsrat Friedhelm Peter wieder etwas. Zwar hatte er kurz den unbestimmten Eindruck, als habe jemand in seiner Aktentasche herumgewühlt, aber nein, unmöglich, das war nicht umsonst eine Behördentasche. Da durfte niemand ran.

Kathrin war erst mal verschollen, also konnte er genauso gut arbeiten. Außerdem musste er sich bis heute Abend wieder regeneriert haben, er hatte große, doppelte Erwartungen zu erfüllen.

Er nahm sich die Wartungsunterlagen des Fliegers vor. Auf den ersten Blick alles in Ordnung, die Betriebszeit der Motoren aber fast abgelaufen. Ein Versicherungsbetrug, um den Wert der unverkäuflichen Maschine zu realisieren? Hmm.

Er blätterte weiter. Zwei meldepflichtige Ereignisse innerhalb von 12 Monaten, das war auch für die Verhältnisse einer konkursreifen Fluggesellschaft mit einem schrottreifen Flieger viel.

Beim ersten Mal war kurz nach dem Start in Helgoland ein Motor durch Vogelschlag ausgefallen. Dieser Buschhammer hatte es aber geschafft, die Maschine bis Bremerhaven zu fliegen und sicher zu landen.

Mit so einer Klapperkiste wäre er nicht einmotorig über die halbe Deutsche Bucht geflogen, sondern sofort wieder nach Helgoland zurückgekehrt. Was mochte Buschhammer bewogen haben, das Risiko eines Einmotorenfluges über das offene Meer auf sich zu nehmen? Die besseren Reparaturmöglichkeiten in Bremerhaven?

Das war der nächste Punkt. Die Reparatur an dem beschädigten Motor war nicht dokumentiert. Normalerweise hätte Buschhammer erst wieder abheben dürfen, wenn die Reparatur durch einen dafür zugelassenen Luftfahrttechnischen Betrieb bescheinigt worden wäre.

War die Lösung so einfach? Ein Motor schon wieder ausgefallen, weil unzureichend zusammengeflickt? Der Pilot geht erneut das Risiko ein und fliegt weiter, dann noch ein Vogel in den zweiten Propeller, und tschüs?

Der zweite Unfall war weniger spektakulär, ein kleines elektrisches Feuer hinter dem Armaturenbrett, ein Schmorbrand, wegen dem Buschhammer einen Flug von Wangerooge nach Bremerhaven in Mariensiel unterbrechen musste. Es stellte sich heraus, dass die Verkabelung des zweiten Funkgeräts der Bösewicht war.

Nichts weiter passiert, aber immerhin. Funkgerät, Elektrik, das waren alles Punkte, die auch bei dem Verschwinden der Maschine eine Rolle spielen konnten. Vielleicht war das zweite Funkgerät ja gar nicht mehr eingebaut worden? Vielleicht war mit der Verkabelung grundsätzlich etwas nicht in Ordnung? Vielleicht war durch den Kabelbrand noch mehr in Mitleidenschaft gezogen worden?

Fragen über Fragen, die sich nur an Ort und Stelle klären ließen.

Die Luftwerft Bremerhaven sah aus wie eine abgetakelte Sonderpostenhalle. Dunkelbraun, schäbig, muffig. In einer Ecke parkte eine halb zerlegte Piper ohne Kennung, vor der Halle stand sich eine verblasste Cessna ohne Propeller ihre staksigen Beinchen in den Bauch. Jede Cola-Dose machte mehr her, außerdem verloren Cola-Dosen kein Öl.

Peter rümpfte die Nase.

Das winzige Büro hätte auch der Verkaufsstand einer Geisterbahn sein können. Der Geiserbahnkassierer war um die fünfzig, stämmig, mit Olivenhaut und der Freundlichkeit einer ausgehungerten Bulldogge.

„Wer sind Sie? Was wollen Sie?"

Peter wies sich aus und erntete prompt einen bösen Blick. Das Luftfahrtbundesamt war in Luftfahrttechnischen Betrieben so gerne gesehen wie das Gesundheitsamt in einer Frittenbude, vor allem, wenn der Luftfahrttechnische Betrieb bereits äußerlich Ähnlichkeit mit einer Frittenbude hatte.

„Und wer sind Sie?"

„Osterloh. Mir gehört der Laden."

Nach überbordendem Besitzerstolz klang das nicht.

„Ich komme wegen der Helgoland Express."

„Ja, und?"

„Ist die Maschine hier gewartet worden?"
„Hin und wieder."
„Wann denn das letzte mal?"
„Weiß ich nicht, muss ich nachsehen."
„Wenn Sie die Freundlichkeit hätten."

Immer das Gleiche. Die Wartung war ein riesiger Kostenfaktor, den sich viele gewerbliche Flieger nicht mehr leisten konnten. Gerade, wenn die Flugzeuge ins Greisenalter kamen und praktisch ständig an ihnen herumgeschraubt werden musste. Die Luftwerften kamen ihnen dann entgegen, indem vieles halbherzig unter der Hand geregelt wurde.

Osterloh rührte sich trotz Peters Bitte nach den Unterlagen nicht von der Stelle. Peter unternahm einen neuen Anlauf.

„Ich habe den Unterlagen entnommen, dass die Maschine vor einigen Monaten einen Vogelschlag am Backbordtriebwerk hatte. Ist der hier repariert worden?"

„Weiß ich nicht. Ich hab mit Helgoland Express nichts zu schaffen."

„Wer hat die Maschine denn gewartet?"
„Der Rolf."
„Ein Mechaniker von Ihnen?"
„Ja."
„Rolf …"
„Ja."
„Ich meine hat der auch einen …"
„Lohse."
„Kann ich den sprechen?"
„Der hat die ganze Woche frei."
„Und der hat den Vogelschlag repariert?"
„Keine Ahnung. Ist der Flieger deswegen abgestürzt?"
„Wir wissen ja noch gar nicht, ob der überhaupt abgestürzt ist."
„Was soll der denn sonst sein?"
Das wusste Peter auch nicht.

Osterloh überließ ihm schließlich außerordentlich widerstrebend ein Paket Unterlagen, nicht ohne laut darauf hinzuweisen, dass er selber niemals irgendeine Schraube an dem Vogel angerührt habe und wenn ein Wartungsfehler Unfallursache sei, er definitiv und ganz sicher und endgültig nichts damit zu schaffen habe. Und überhaupt sei es ohnehin eine Riesenunverschämtheit, wie bei jedem Unfall immer auf den Wartungsbetrieben herumgehackt werde. Da könne jemand besoffen seinen Flieger ungespitzt in die Nordsee rammen und trotzdem sei immer nur die Wartung schuld!

Peter entzog sich der Tirade durch Flucht in sein schönes Büro nach Bremen. Er hatte genug gesehen.

Schon beim ersten Blättern in den Unterlagen der Luftwerft wusste er, dass sein Misstrauen berechtigt war. Die Dokumentation der Wartung des Fliegers hatte Löcher wie ein Schweizer Käse.

Peter kramte den Unfallbericht von Buschhammer heraus. Kurz nach dem Start am 20. August um 16.03 von Helgoland prasselte die Islander von Helgoland Express mitten im Steigflug in einen Schwarm Möwen. Zwei Vögel knallten gegen das Cockpitfenster, ein oder zwei ihrer Kollegen wurden vom linken Triebwerk angesaugt. Wegen starker Vibrationen stellte Buschhammer den Motor sofort ab. Dann trimmte er die Maschine aus und flog weiter. Klar ging so etwas, aber dann durfte wirklich nichts weiter passieren, sonst würde der Flug definitiv ein feuchtes Ende nehmen. In Luneort legte er eine saubere Einmotorenlandung hin, dieser Buschhammer schien sein Geschäft zu verstehen. Aber was war danach mit dem Motor geschehen?

Peter verglich den Unfallbericht mit der Wartungsakte. Am 21. August war „Reinigung und Probelauf Triebwerk Bb" verzeichnet.

Das war alles? Nach einem Vogelschlag? Die Reste aus den Kühlrippen pulen und so tun, als wäre nichts gewesen?! Da hätte man zumindest den Propeller abbauen müssen. Unglaublich, diese Schluderei.

Und zu dem Vorfall mit dem Funkgerät fand sich gar nichts in der Wartungsakte. Hatte die Maschine nun bei ihrem letzten Flug ein zweites Funkgerät oder nicht? Hatte sich zu irgendeinem Zeitpunkt mal ein Fachmann angesehen, was der Schwelbrand hinter der Armaturentafel alles angerichtet hatte?

Er musste unbedingt mit diesem Lohse sprechen. Es sah fast so aus, als hätte der sein Handwerk beim Falten von Papierfliegern erlernt.

Aber für heute hatte er genug geleistet, jedenfalls im Büro. Jetzt war eine andere Arena angesagt.

„Ist Frau Kockmann auf ihrem Zimmer?"
„Bedaure, die Dame ist abgereist."

„Und wann, äh, kommt sie wieder?"

Der Portier sah ihn aufmunternd an.

„Ich fürchte, Sie werden sich wieder einen unserer Filme zu Gemüte führen müssen. Die sind ja auch nicht so schlecht, oder?"

5

Seit seine Freundin arbeitslos war, hatte Theo Doesburg die Gewohnheit spät aufzustehen, weiter kultiviert. Als Leiter der winzigen Bremerhavener Mordkommission war er nicht an feste Arbeitszeiten gebunden, so dass nicht weiter auffiel, dass er heute erst nach neun aufkreuzte. Außerdem hatte Doesburg die letzten Tage eine Fortbildungsveranstaltung in Hamburg besucht und musste sich von dem Alkoholstress erholen.

„Gibt's was Neues?"

„Ja. Immer."

Doesburg wartete geduldig, bis sein Kollege Eilers sich bequemte, das große Stück Butterkuchen zu vertilgen, das den Blick auf sein Gesicht verstellte.

„Kuchen. Und heute Mittag Labskaus in der Kantine. Da müssen wir uns unbedingt rechtzeitig davonmachen."

Eilers war leidenschaftlicher Esser. Auf sein Urteil in diesen Dingen war Verlass.

„Sag bloß."

„Ja. Ungenießbar. Schmeckt nach Dachpappe mit Fischschwänzen."

Und, nach einer ausführlichen Kaupause:

„Sag mal, warst du letztes Wochenende nicht auf Wangerooge?"

„Nein. Ich war doch in Hamburg, der Lehrgang …"

„Ach ja, ich weiß. Wie erschieße ich erfolgreicher. Da war ich auch schon. Am besten war das mit den in Zeitlupe zerplatzenden Schädeln."

„Fand ich auch. Was war denn auf Wangerooge los?"

„Die Kripo Jever hat ein Fax geschickt. Die haben auf Wangerooge im Hafen eine unbekannte Leiche gefunden und fragen jetzt überall an. Dachte erst, du wärst das. Beschreibung passt aber nicht auf dich. Der Tote sah nämlich gut aus."

Auweia, war Eilers heute wieder lustig drauf. Er hatte sogar noch mehr Späße auf Lager.

„Und uns fehlt seit dem Wochenende ein Flugzeug. Das ist dir nicht zufällig auf den Kopf gefallen?"

„Zufällig ist mir kein Flugzeug auf den Kopf gefallen. Ist das immer noch nicht wieder aufgetaucht?"

„Nein. Aber ich habe wegen dem blöden Ding am Sonntag Überstunden geschoben."

„Wieso das denn?"

„Bereitschaft. So ein Stotterer vom Luftfahrtbundesamt hat uns gebeten, die Identität der Insassen der Maschine zu checken und die Angehörigen zu benachrichtigen."

„Und?"

„Keine Ahnung. Hab ich Montag an die Vermisstenabteilung abgegeben. Was haben wir mit so was zu tun?"

Das Telefon quäkte dazwischen.

„Eilers, Mord und Selbstmord, alle Variationen."

„Nicht schon wieder. Wo?"

„Na gut. Wir kommen."

Eilers sah Doesburg wie einen abgelaufenen Joghurt an.

„Wir sollen zum Columbusbahnhof kommen. Da liegt ein Junkie auf dem Klo."

In der Blütezeit der Auswanderung errichtete die Stadt Bremerhaven an der Columbuskaje im Freihafen einen bombastischen Bahnhof mit einer noch bombastischeren Abfertigung für Passagierdampfer.

Als sich das mit der Massenauswanderung legte, weil die Beliebtheit der Deutschen in der Welt doch ziemlich gelitten hatte, fand die Stadt keine andere wirtschaftliche Nutzung für den viel zu großen Komplex und ließ ihn kontrolliert verfallen. Ganz zumachen ging nicht, weil hier immer mal wieder imageträchtige Kreuzfahrer vor Anker gingen, die konnte man schlecht im Kohlenhafen abfertigen. Außerdem hatte die Columbuskaje im Laufe der Jahre Kultstatus erreicht.

Ein Gutes hatte der quälend langsame Verfallsprozess. Die riesige Aussichtsgalerie unter dem Dach, die sich über das ganze Gebäude erstreckte, blieb so erhalten und machte jeden Besucher, der sich nahe genug an die verglaste Front wagte, zu einem Seevogel, der hoch über der Außenweser nach Beute suchte.

Doesburg und Eilers erklommen die Galerie zu Fuß. Sie misstrauten dem Aufzug, außerdem gehörte Treppensteigen zu Eilers Diätprogramm.

Vor den Scheiben tanzten Möwen auf und ab. Die Mamas präsentierten ihrem Nachwuchs aus sicherer Nähe diese erstaunlichen Zweibeiner, die weder fliegen noch richtig schwimmen konnten und trotzdem irgendwie überlebten.

Oder eben auch nicht.

„Hier liegt er."

Ein Kollege zeigte auf eine unscheinbare blaue Eisentür im Hintergrund. Damen.

Doesburg stieß die Tür auf und hielt automatisch die Luft an.

Der tote Junkie lag lang ausgestreckt im Vorraum unter einem alten Waschbecken. Er war groß und kräftig und trug eine dieser Hosen, für die man mehr Stoff als für ein Zelt braucht. Die Hose stand offen und gab den Blick auf einen rosigen Penis frei, der sich wie ein flüchtender Regenwurm zur Seite bog und im Vergleich zu dem großen und kräftigen Mann seltsam winzig erschien.

Für oben hatte der Stoff nicht mehr gereicht, denn das feuerrote T-Shirt war klebrig eng und viel zu klein. Die Ausschnitte unter den Achseln reichten fast bis zu den Kniekehlen. Darüber eine weiße ballonseidene Jacke mit der Riesenaufschrift „2PAC".

Doesburg kannte nur Tetra-Pak. Wahrscheinlich die Konkurrenz. Weiße Turnschuhe und ein orangefarbenes Käppi vollendeten das Outfit.

„Warum steht da überall was drauf? Kriegt man die Klamotten dann billiger?"

Der modebewusste Eilers würdigte ihn keiner Antwort.

Er sah in das Gesicht des Toten. Groß, rund, breit, freundlich, mit ausgeprägten Augenbrauen. Dafür befanden sich die kurzen blonden Haare auf dem fortgeschrittenen Rückzug. Die Augen waren geschlossen, der Gesichtsausdruck regelrecht verzückt.

Eilers wühlte sich durch die Brieftasche.

„Dennis Hünefeld, fünfundzwanzig, aus Eidewarden."

Die Spritze steckte noch tief in Dennis Hünefelds linkem Unterarm.

„Goldener Schuss. Der hat den Lemming gemacht. Was hatte der hier zu suchen?"

Doesburg sah misstrauisch hoch.

„Wie meinst du das?"

„Das ist eine Damentoilette."
„Du kannst ja mal auf der Herrentoilette nachsehen."
„Ha, ha, selten so gelacht."
„Wer hat den Mann gefunden?"
„Der Hausmeister bei seinem morgendlichen Rundgang."
„Wann wird hier geöffnet?"
„Acht."
Der Doktor erschien atemlos kauend. Horst Wischmann war normaler niedergelassener Arzt, aber die Polizei rief fast immer ihn und keinen vom Gesundheitsamt. Das war Tradition und wie bei den meisten Traditionen spielte der Ursprung keine Rolle mehr. Mit Fachwissen hatte es jedenfalls nichts zu tun.
„Der hat sich eine Spritze gesetzt."
Doesburg verdrehte die Augen zur Decke.
„Bist du sicher?"
„Ja, schau doch mal."
Doesburg zog zur Beruhigung seine rechte Backe als Beißholz in den Mund.
„Wann?"
„Vielleicht gestern Abend?"
„Machst du hier ein Ratespielchen, oder was?"
„Nein, aber das kann man erst nach der Obduktion genau sagen."
„Sonst noch was?"
Wischmann druckste herum.
„Die Hose steht offen."
„Ja, und?"
„Vielleicht war er ja mit einer Frau hier."
Doesburg sah ihn komisch an.
„Aha. Er war mit einer Frau hier, hat Sex auf dem Klo, wo das ganze Gebäude leer steht, dann geht die Frau, er lässt die Hose auf und setzt sich einen goldenen Schuss. Darf ich das ungefähr so verstehen?"
Selbst Wischmann war jetzt irritiert.
„Klingt irgendwie blöde, oder?"
„Allerdings. Auf jeden Fall ist er nicht heute früh gestorben?"
„Nein, ausgeschlossen. Gestern am Abend. Nach acht."
Doesburg drehte sich suchend zu Eilers um.
„Wann schließen die hier?"
„Sechs."

Eilers dumpfe Stimme hallte aus der Tiefe der Herrentoilette.
„Nichts Verdächtiges drin hier."

Das Büro des Hausmeisters war ein überheiztes, muffiges Kabuff ohne Fenster irgendwo in den Eingeweiden des Gebäudes, der Hausmeister ein magerer, gelbfingriger, ketterauchender Mann mit fettigem schwarzen Haar und original Hitlerfrisur, der nervös zitterte und mehr Schatten als Mensch war. Grauer Kittel, graue Hose, graue Schuhe. Doesburg beschloss spontan, dass das Zittern nichts zu bedeuten hatte. Der zitterte auch, wenn er aufs Fundamt ging.
„Haben Sie den Toten gefunden?"
„Ja. Ja, das war ich."
Scharfer Dialekt.
„Kannten Sie den Mann?"
„Nein, nein, natürlich nicht."
„Wann haben Sie ihn denn gefunden?"
„Heute Morgen um kurz nach acht. Ich drehe da immer meine Runde. Ich habe Sie dann sofort angerufen."
Der Hausmeister betonte das sofort.
„Wann wird die Aussichtsplattform geöffnet?"
„Um acht Uhr. Punkt acht Uhr. Das zählt zu meinem Aufgabenbereich."
„Und gestern Abend?"
„Da habe ich um sechs zugeschlossen. Streng nach Vorschrift, auf die Minute genau. Da hat noch niemand in der Toilette gelegen."
„Sicher?"
„Ja, natürlich, ich drehe immer eine letzte Runde durch die Toiletten. Es könnte ja sein, dass ich da jemanden einschließe."
„Und wer kann hier nachts rein?"
„Niemand."
„Die Mieter auch nicht?"
„Nein, die haben für die Plattform keinen Schlüssel. Die kommen nur in ihre Büros."
„Wo ist der Schlüssel nachts?"
„Hier."
Der Hausmeister zeigte auf einen Schlüsselkasten.
„Und mein Büro schließe ich immer zu. Immer."
„Und heute morgen war der Schlüssel da?"

„Ja, alles war wie immer."
„Und die Tür wurde nicht aufgebrochen?"
„Nein, alles war wie immer."
„War hier gestern viel Betrieb?"
„Nein, hier ist nie viel los."
„Haben Sie hier oben öfters Ärger mit Junkies?"
„Äh, nein, nie. Noch nie."
„Sie stammen wohl nicht von hier, oder?"
„Äh, nein, wieso?"
„Nur so."
„Ich komme aus den neuen Bundesländern."
Das klang eindeutig zu stolz und außerdem hatte er schlechte Laune.
„Machen Sie sich nichts draus, das geht vorbei."

Eidewarden bestand aus einer malerischen Ansammlung von Bauernhöfen hinter dem Weserdeich. Wäre Bremerhaven eine pulsierende Metropole, dann hätten sich genug Yuppies gefunden, die sich über die stadtnahen Resthöfe hergemacht hätten. Bremerhaven war jedoch so weit von einer Metropole entfernt wie Osama vom Friedensnobelpreis.
„Hier ist es."
„Sicher?"
„Jawoll, Herr Hauptkommissar."
Wenn Eilers etwas besonders gut konnte, dann war das Autofahren und Orte finden. Vielleicht sollte er auf seine Verlobte hören und sich zur Post versetzen lassen. Als Briefträger wurde man für das Finden von Orten reich belohnt und musste sich nicht noch anmachen lassen.
Der Hof von Hünefeld machte einen heruntergekommenen Eindruck. Das Dach hätte vor zehn Jahren neu gedeckt werden müssen. Vor dem Haus stand eine knöcheltiefe Mischung aus Schlamm, Kuhmist und Regenwasser, die nicht erkennen ließ, ob der Untergrund jemals befestigt wurde.
„Bäh."
Eilers hielt viel von sauberer Kleidung und klingelte missmutig.
Die Haustür aus braunem Aluminium und gelbem Glas passte zu den alten Backsteinen wie eine Altersvorsorge zu einem Junkie. Sonne auch bei Regen, ganz bestimmt! Die Tür hält ewig, mein Herr! Die überlebt nicht nur Sie!

Ein gelber Hund drehte aufgeregt Runden im gelben Flur. Sein Gekläffe mobilisierte eine gelbsüchtige Frau. Die Tür ging auf, der Hund war auf einmal braun, der Flur beige und die Frau wieder gesund.

Sie schien aufgeregt.

„Sind Sie das vom Kreisveterinäramt?"

„Nein. Leider nicht."

„Wieso leider? Die haben immer was zu meckern. Als ob ein Bauernhof eine Intensivstation wäre. Wer sind Sie dann?"

Doesburg stellte sie vor.

„Frau Hünefeld, wir kommen ..."

„Meyerdierks."

„Wie?"

„Meyerdierks. Ich bin nicht Frau Hünefeld."

„Aber hier wohnt doch ein Dennis Hünefeld? Jedenfalls ist der hier gemeldet."

„Ach so. Stimmt, der hat hier oben ein Zimmer gemietet. Der ist aber nicht da. Was wollen Sie denn von dem?"

„Wir haben Herrn Hünefeld tot aufgefunden."

Das schien Frau Meyerdierks nicht sehr zu erschüttern. Sterben gehörte zum Alltag auf dem Land. Immerhin durften sie jetzt in die gute Stube, zum Hinsetzen reichte es aber noch nicht.

„Schade. Dennis war ein guter Mieter. Zahlte pünktlich und war fast nie da."

„Seit wann hat er hier gewohnt?"

„Fast ein Jahr. Er hat hier aber nicht richtig gewohnt. Er hat gesagt, er braucht das Zimmer zum Abstellen von irgendwelchen Mustern. Dennis kam aus dem Ruhrpott."

„Muster?"

„Ja, was diese Vertreter immer bei sich haben."

„Herr Hünefeld war Vertreter?"

„Ja. Hat er jedenfalls gesagt."

„Vertreter wofür?"

„Irgendwas mit Pharma, hat er gesagt. Ich kenne mich da nicht so aus."

„Wann war Herr Hünefeld das letzte Mal hier?"

„Gestern. Aber nur kurz. Er hat was geholt und war schon nach zehn Minuten wieder weg."

„Wann war das?"

„Gegen fünf. Ich war gerade im Stall. Bestimmt hat er einen Autounfall gehabt, oder?"

„Wieso?"

„Dennis war ein lieber Kerl, aber er ist wie ein Bekloppter Auto gefahren. Also, meinen Trecker hätte er nicht bekommen."

„Was für ein Auto?"

„Da fragen Sie besser meinen Sohn, der kennt sich mit so was aus. Eckart!"

Eckart war gerade von der Pubertät freigelassen worden, dünn, groß, blass, picklig, blond, schlau, mit Brille. Eckart hatte hinter der Tür gelauert. Eckart wusste Bescheid.

„Scirocco zwei, grau, mit Leder und Superfahrwerk. Der hat mit seinem Auspuff immer Löcher in den Modder auf dem Hof gebrannt. Geile Karre!"

„Wir müssten einen Blick in sein Zimmer werfen."

„Eckart, geh mit hoch und zeig den Polizisten das Zimmer von Dennis. Und nichts mitnehmen. Die Einrichtung gehört uns."

Die Einrichtung war Sperrmüll, das kleine Mansardenzimmer unter dem Dach auf den ersten Blick leer. Auch keine pharmazeutischen Musterkoffer. Zeit für ein Gespräch mit dem schüchternen Eckart.

„Sag mal, kanntest du Dennis näher?"

„Nee. Aber Dennis war nett. Der hat mich mal mit seinem Wagen eine Runde über den Hof drehen lassen."

„Hat Dennis vielleicht Drogen genommen?"

Eckarts Blick wurde flach und scheu.

„Nee. Glaub ich nich."

„Weißt du, wo Dennis gearbeitet hat?"

„Nee."

„Hat Dennis denn manchmal Besuch bekommen?"

Eckarts stumpfe Augen leuchteten auf.

„Ja. Einmal eine Frau."

„Eine Frau?"

„Ja. Die sah toll aus. Blond und groß."

„Wie alt war die Frau?"

„Wie Dennis."

„War das seine Freundin?"

„Kann sein. Weiß ich nicht."

„Würdest du die Frau wiedererkennen?"

„Nee. Ich hab die ja nur von hinten gesehen."
„Und sonst? Hat Dennis noch mehr Besuch gehabt? Von Männern zum Beispiel?"
„Ja, ein paar Mal. Er hat gesagt, dass das sein bester Freund war."
„Weißt du auch, wie der Freund heißt?"
„Rolf."
„Kennst du vielleicht den Nachnamen?"
„Nee. Nur Rolf."
„Wie sah Rolf denn aus?"
Eckart schien einen Moment nachzudenken.
„Normal. Klein. Rolf war nett. In dem sein Auto durfte ich auch."
„Was war das denn für ein Auto?"
„Moment."
Eckart verschwand und kam mit einem Hochglanzfoto zurück. Rolfs Auto hatte ihn so beeindruckt, dass er es glatt fotografiert hatte. Ein flacher amerikanischer Sportschlitten in unsäglicher Bonbonfarbe. Das topmodische Kurzkennzeichen war so gut wie ein Nachname.

Im Wagen rieb sich Doesburg voller Jagdeifer die Hände.
„Auf zu diesem Rolf."
„Und was ist mit Mittagessen?"
„Fällt aus."
„Das ist nicht dein Ernst, oder? Was soll das überhaupt? Der Junkie hat sich den goldenen Schuss verpasst. Mehr ist nicht."
„Wie ein Junkie sah der aber nicht aus. Kein halbtotes Klappergestell. Außerdem müssen wir herausbekommen, wo er wirklich gewohnt hat."

Die Anschrift des besten Freundes in Loxstedt war richtig, das Türschild auch. Rolf Lohse. Nur, dass sich auf das Klingeln niemand meldete. Außer der Nachbarin in Hausmantel und wilden Lockenwicklern.
„Der ist auf Arbeit."
„Wo denn?"
„Am Flughafen."
„Wo da?"
„Keinen Schimmer."

„Danke. Tschüs."
„Wer sind Sie überhaupt?"
Eilers drehte sich um.
„Pizza-Service."
„So sehn Sie aber gar nicht aus."
„Ist eine neue Firma. Pizza-Exklusiv. Die mit der Krawatte."
„Kommen Sie jetzt immer zu zweit? Für jede Pizza?"
„Das ist eine Sicherheitsmaßnahme, Sie verstehen?"
Natürlich, Sicherheit, das neue Zauberwort, das verstand jeder.
„Auf zum Flughafen. Und erzähl den Leuten nicht immer so einen Scheiß. Die glauben heutzutage doch alles."

„Wie heißt der?"
„Rolf Lohse."
„Kenne ich nicht. Wer soll das sein?"
Doesburg seufzte.
„Der soll hier irgendwo arbeiten."
„Nee, das wüsste ich."
„Vielleicht bei einer Firma?"
„Moment, ich frag mal im Büro."
Der unfreundliche Schnösel hinter dem einzigen Counter in der winzigen Abfertigungs- und Trauerhalle von Luneort nahm den Hörer ab.
„Du, hier ist die Polizei. Die wollen wissen, ob es hier einen Rolf Lohse gibt. Kennst du den?"
Der Mann hörte angestrengt zu.
„Ach, der ist das. Gut, danke."
Und, zu Doesburg und Eilers gewandt:
„Der ist heute nicht da."
„Wo arbeitet der denn?"
„Bei der Luftwerft. Was hat er denn ausgefressen?"
„Nichts. Nur eine Pizza bestellt und nicht abgeholt."
„Deswegen kommt jetzt schon die Polizei? Zu zweit?"
„Klar, innere Sicherheit, Sie verstehen. Wo ist denn die Luftwerft?"
„Kann ich mal bitte Ihre Ausweise sehen?"
Nach einer halben Minute.
„Sie sind ja wirklich von der Polizei. Stimmt das mit der Pizza?"
„Was glauben Sie denn? Wo ist denn nun die Luftwerft?"

Der Mann zeigte ihnen den Weg.

„Der ist heute nicht da. Urlaub. Der kommt erst Montag wieder."
„Wann Montag?"
„Acht."
„Danke, Herr ..."
„Osterloh. Dafür nicht. Was hat er denn ausgefressen?"
„Aufgegessen, nicht ausgefressen. Er hat eine bestellte Pizza nicht aufgegessen. Nichts Schlimmes."
„Na, dann geht's ja. Bis Montag dann."

Doesburg rief bei der Gerichtsmedizin an und erntete eine verbale Ohrfeige. Ob er eine Ahnung habe, wie viele Junkies in der Warteschlange auf Eis lägen? Nein? Warum man diese verstrahlten Parasiten überhaupt obduzieren müsse? Denen ging es im Moment doch besser als jemals zuvor. Reine Zeitverschwendung. Verbrennen und als Dünger für die Mohnfelder verwenden.

„Ja, ja, Sie haben ja Recht."
Doesburg hatte sich durch Hetztiraden von Blödmännern immer schon einschüchtern lassen.

Eilers war in seiner neuen Undercover-Rolle als Pizzabote aufgegangen und schleppte reichliche Beute heran, als das Telefon klingelte.

„Mach du, ich hab zu tun."
Das war nicht zu übersehen. Eilers kaute bereits.
„Doesburg."
„Moin. Wir kennen uns."
Toller Gesprächsbeginn.
„Ach ja?"
„Ja. Erinnerst du dich denn nicht mehr?"
„An wen denn?"
„Mensch, Theo, ich bin's, Walter."
Walter?
„Nein, ich glaube ..."
„Mann, Theo, vor drei Jahren. Du mit deiner Frau in Bensersiel, erinnerst du dich nicht mehr? Auf Deinem Boot?"

Die Erinnerung stieg wie Sodbrennen die Kehle hoch. An seine Frau, die ihn schon lange verlassen hatte, an das Hafenloch von Bensersiel, an den unsäglichen Abend mit seinem besoffenen

Kollegen Walter Stelljes aus Jever und seiner komischen blonden Angetrauten aus dem polnischen Versandhauskatalog, an den Alkohol, die Verbrüderung, die Kopfschmerzen …

„Ach ja, Walter. Wie geht's denn so? Lange nichts mehr von dir gehört."

„Prima. Ich hab 'ne neue Frau. Aus Thailand diesmal, die sind auch gut. Wir müssen unbedingt mal wieder einen heben."

Ja, unbedingt.

„Was liegt denn an?"

„Arbeit für euch. Wir haben hier einen Typ aus Bremerhaven gefunden."

„Tot?"

„Allerdings. Jedenfalls ist das der Mann, der am Samstag im Hafen von Wangerooge gefunden wurde. Ein Karl Buschhammer aus Bremerhaven. Pilot. Dem gehört dieses Flugzeug, das seit Samstag verschwunden ist. Hast du davon gehört?"

„Ja, klar."

„Wir vermuten, dass Buschhammer mit seiner Maschine abgestürzt ist und aus dem Wrack gespült wurde. Die Wasserschutz ist informiert. Die suchen jetzt bei den Inseln nach dem Flieger."

„Irgendwelche Hinweise auf Fremdverschulden?"

„Nein, Buschhammer ist ertrunken. Allerdings war der Körper furchtbar zugerichtet. Erst wurde er von einem Logger überfahren, dann kam er in die Schraube und schließlich hat ihn die Besatzung wie eine Horde wilder Indianer mit ihren Bootshaken traktiert. Ziemlich widerlich, das Ganze. Der ist mindestens fünf Mal gestorben. Deswegen haben wir ihn auch erst nicht identifizieren können."

„War Buschhammer allein in dem Flieger?"

„Nein. Von den beiden Passagieren gibt es bisher keine Spur. Wahrscheinlich ertrunken und aufs Meer getrieben. Fischfutter."

„Sonst noch was?"

„Buschhammer war laut Gerichtsmedizin Kokser."

„Schlimm?"

„Ziemlich. Und er hatte soviel Speed geschluckt, dass selbst ein Nilpferd Kunstflug gemacht hätte. Der konnte keine Landebahn mehr von einem Leuchtturm unterscheiden."

„Also ein Unfall unter Drogeneinfluss?"

„Sieht ganz danach aus. Macht daraus, was ihr wollt. Wann gehen wir denn wieder mal einen Trinken? Meine neue Frau musst du unbedingt gesehen haben. Die ist 'ne Schau, ehrlich! Und ich weiß ja nicht, wie lange das noch hält. Die fängt langsam an, aufmüpfig zu werden."

Karl Buschhammers Fluglinie musste gut gehen. Er wohnte in einem neu errichteten Penthouse der Luxusklasse über der Geeste mit Blick über Weser und Hafeneinfahrt.

Doesburg erblasste vor Neid. Maisonette, groß, hell, lichtdurchflutet. Alles in Pastellfarben, die Küche ein offener Designertraum, bestimmt noch nie benutzt außer zum Korkenziehen. Das Schlafzimmer als einziges intensiv genutztes Zimmer ziemlich unordentlich.

Eilers entdeckte auf der Empore ein improvisiertes Minibüro.

„Ein Konto bei der Deutschen Bank, ziemlich überzogen."

„Kein Wunder. Möchte wissen, was die Miete kostet."

„Zweifünf kalt."

Eilers hatte den Vertrag gefunden und hielt ihn triumphierend hoch.

„Buschhammer ist gar nicht Mieter, sondern eine O&W Flugzeugbetriebsgesellschaft bürgerlichen Rechts aus Hannover."

„Bestimmt Steuerhinterziehung. Der lässt die Privatmiete über einen Gewerbebetrieb laufen. Schick die Spurensicherung her. Die sollen mit Hunden nach Koks suchen. Mir ist das zu weitläufig. Wir sehen uns in seiner Fluglinie um."

Der Mann in der Abfertigungshalle erkannte sie wieder und beobachtete sie misstrauisch.

„Was wollen Sie denn schon wieder hier? Das Büro ist versiegelt. Da darf keiner rein. Sie auch nicht. Ich denke, Sie suchen diesen Lohse? Was hat der denn mit Helgoland Express zu tun? Langsam wird mir das aber zu bunt mit Ihnen!"

Peter war bereits im Bilde.

„Ja, ja, ihre Kollegen aus Diebels haben mich schon unterrichtet."

„Jever."

„Wie?"

„Nichts. Wir wollten vorhin das Büro von Buschhammer durchsuchen, aber das war von Ihrer Dienststelle versiegelt. Warum eigentlich?"

„Das macht das Luftfahrtbundesamt immer so."

Doesburg sah dem Männlein ins Gesicht, konnte aber keine Spur von Ironie entdecken.

„Was hält das Luftfahrtbundesamt denn von der ganzen Sache?"

Amtsrat Peter versuchte instinktiv, größer zu wirken.

„Ja, das ist alles sehr mysteriös."

Das fand Doesburg auch.

„Könnte der Pilot nicht einfach nach einem Absturz aus der Maschine gespült worden sein?"

„Schon. Aber wo ist dann die Maschine?"

„Auf dem Meeresgrund?"

„Vielleicht. Und die anderen Passagiere?"

„Im Flugzeugwrack eingeschlossen?"

„Ja, das ist denkbar. Aber trotzdem."

„Was haben Sie denn für einen Eindruck von der Fluglinie?"

Der Männerschauspieler breitete theatralisch seine Hände aus.

„Keinen guten, das muss ich leider sagen. Die finanziellen Verhältnisse sind schlecht und das Flugzeug ist nur unzureichend gewartet. Ich hab Hinweise darauf, dass Reparaturen nicht korrekt durchgeführt wurden."

„Ist er deswegen oder wegen des Drogenkonsums abgestürzt?"

„Grundsätzlich ist beides möglich. Aber wir wissen ja noch nicht mal, ob er wirklich abgestürzt ist."

Jetzt wurde es Eilers zuviel.

„Also, hören Sie mal, was ist das denn für ein Quatsch? Wenn der Pilot tot aus dem Wasser gezogen wird, wo soll denn dann das Flugzeug sein? Auf dem Mond?"

Peter zuckte zusammen.

„Also, das ist bei Flugunfalluntersuchungen eherner Grundsatz. Bis wir nicht wirklich etwas Genaues wissen, sagen wir auch nichts. Mit Mutmaßungen geben wir uns nicht ab. Wir sind eine Bundesoberbehörde!"

Die Rückfahrt nach Bremerhaven war angenehm verlaufen. Sie hatten abwechselnd Witze über Amtsrat Peter und sein schickes Büro gerissen.

Frau Elvers erwartete sie ungeduldig.

„Wo bleiben Sie denn. Ich will Schluss machen."

„Nur zu."

„Ha, ha. Selten so gelacht. Hier."
Sie knallte Doesburg eine Notiz der Vermisstenabteilung hin.
„Die Passagiere gibt's nicht."
„Nicht mehr, wollen sie sagen."
„Ich weiß schon genau, was ich sage. Die gibt's in ganz Deutschland nicht. Entweder war da niemand an Bord oder die sind unter falschem Namen gereist. Basta."
„Und die Angehörigen von Dennis Hünefeld?"
„Da sind die Kollegen aus Recklinghausen hin unterwegs. Dem sein Auto ist übrigens auch aufgetaucht. Das stand am Columbusbahnhof. Ich hab jetzt Feierabend."
Frau Elvers wusste, dass sich niemand traute, ihr zu widersprechen.

Kriminalhauptmeister Heribert Schmitz von der Kripo Recklinghausen stand angewidert vor einem dreckigen, gelben Wohnblock.
Fünfzehn Stockwerke, gebaut in den Siebzigern von unfähigen Architekten für korrupte Stadtväter, die hierin die Zukunft der Stadtentwicklung sahen. Mittlerweile okkupiert von den armen Schweinen der Umgebung. Ausländer, Arbeitslose, Sozialhilfeempfänger, allein stehende Mütter, Beamte. Ein Soziologe hätte hier das wahre Leben, ein Ausländerbeauftragter seine berufliche Erfüllung und ein Polizist wie Schmitz viel Arbeit gefunden.
Er suchte die gewaltige Klingeltafel ab.
„Ja?"
„Frau Hünefeld?"
„Wer ist da?"
Keine Angst, nicht der Gerichtsvollzieher.
„Schmitz. Kripo Recklinghausen. Ich hätte da ein paar Fragen."
Statt einer Antwort summte der Türöffner. Schmitz fluchte, als er den defekten Aufzug sah und machte sich ans Treppensteigen.
Es roch nach alten Mülltonnen, saurem Kohl und ungewaschener Wäsche. In der siebten Etage stand eine schmale Mittvierzigerin im Hauskittel am Geländer und beobachtete ihn mit Augen, die schon viel zu viel gesehen hatten. Das Haar hing in Strähnen in die Stirn, die Fahne war unverkennbar.
„Frau Hünefeld?"
„Was wollen Sie?"
„Kann ich reinkommen?"

„Von mir aus."

Drei Zimmer, Kinderstimmen von irgendwo her, Einrichtung vom Sozialamt, wie Schmitz mit Kennerblick feststellte.

„Frau Hünefeld, ich komme im Auftrag meiner Kollegen in Bremerhaven."

Sie zuckte zusammen.

„Ist was mit Dennis?"

„Es tut mir leid. So, wie es aussieht. Ja."

„Was denn?"

„Dennis ist, äh, tot. Leider. Mein Beileid auch."

Sie setzte sich steif hin und schaute durch ihn durch. In ihren Augenwinkeln tauchten kleine feuchte Punkte auf.

„Ein Autounfall?"

„So wie es aussieht, hat sich Ihr Sohn letzte Nacht eine Überdosis gespritzt."

Sie seufzte.

„Eines Tages musste es so kommen, wissen Sie."

Schmitz konnte sie kaum verstehen.

„Wie bitte? Ich meine, wenn ich später wiederkommen soll …"

Wie auf Bestellung fing im Hintergrund ein Kind zu weinen an. Frau Hünefeld lief ins Kinderzimmer.

Schmitz seufzte. Er musste sehen, dass er vorankam. Heute Abend wollte seine Frau grillen und er musste vorher noch die Kohle besorgen. Wenn er schon wieder mit der teuren Grillkohle von der Tankstelle nach Hause kam, würde sie ihm wegen der Geldverschwendung glatt vor den Nachbarn eine Szene machen. Das wollte er unbedingt vermeiden.

Frau Hünefeld kam wieder, ein kleines Mädchen mit großen braunen Augen auf dem Arm.

„Entschuldigung."

„Kein Problem. Ich muss auch gleich wieder weg. Äh, viel zu tun. Sagen Sie, wann ist Ihr Sohn nach Bremerhaven gezogen?"

„Vor zwei Jahren. Er hatte einen Freund, der hat ihm da oben Arbeit angeboten."

„Was für Arbeit?"

„Keine Ahnung. Irgendwas mit Flugzeugen. Dennis war immer schon scharf auf Technik. Autos und so weiter."

„Haben Sie seine Adresse?"

„Ja."

Er notierte fleißig Stichworte. Säuferin, Flugzeuge, Jugendamt benachrichtigen, Eiterwarden. Was für ein komischer Name für eine menschliche Ansiedlung.

„Haben Sie den Namen von dem Freund?"

„Nein. Ich weiß nicht, wie ich Ihnen das sagen soll, aber ich weiß nicht viel von Dennis. Ich war siebzehn, als er kam, und er ist bei seiner Oma aufgewachsen …"

„Wie viele Kinder haben Sie?"

„Sechs."

„Und der Vater von Dennis …"

Sie schluckte schwer.

„Den kenne ich nicht. Das war damals eine ziemlich wilde Zeit …"

„Dennis kennt ihn auch nicht?"

„Nein, woher denn? Wir haben damals viel auspr…"

„Ja, ja. Schon gut."

Er notierte Sodom und Gomera und konsultierte den Spickzettel aus Bremerhaven.

„Hatte Dennis vielleicht eine Freundin?"

„Vielleicht. Dennis hatte immer schon Erfolg bei Frauen."

Das schien ihr zu gefallen.

„Wann haben Sie Ihren Sohn denn das letzte Mal gesehen? Vor zwanzig Jahren? Beschreiben Sie ihn mal. Wie sieht Ihr Sohn überhaupt aus?"

6

Es war bitter kalt, feucht und die Absperrung zum Flughafen schwerer zu überwinden als gedacht. Nach mehreren Anläufen schaffte er es, den hohen Zaun in der Nähe eines Gebüsches zu überklettern. In seinem Alter ein schwieriges Unterfangen.

Den Weg zum Hangar legte er unwillkürlich geduckt zurück, obwohl der Flughafen um diese Uhrzeit tot und schwarz wie ein gestrandeter Walfisch war.

Vor dem Hangar stand eine Cessna ohne Propeller. Die Türschlösser des alten Vogels hatten die Qualität eines Fahrradschlosses von Rudis Resterampe und gaben seinem Taschenmesser ohne Widerstand nach.

Er packte den Inhalt seines Rucksacks in den Gepäckraum und fand sogar die Zeit, die Maschine wieder abzuschließen. Nichts sollte die heilige Ordnung stören.

Auf dem Rückweg war der Zaun nur noch halb so hoch.

Udo Osterloh war am Freitagmorgen schon zur grauen Uhrzeit im Betrieb.

Sein einziger Mechaniker hatte die ganze Woche frei, also musste er sich um die 100-Stunden-Kontrolle bei einem Flieger kümmern, die schon vor 50 Stunden fällig gewesen wäre.

Unzufrieden nebelte er die spröden Öldruckschläuche mit Farbspray ein, damit man die Risse nicht so sah. In den Steuerbordmotor mit dem abnorm hohen Ölverbrauch kippte er Altöl, alles andere wäre Verschwendung gewesen. Das Zeug landete sowieso nach zwei Stunden wieder in der Umwelt. Er war gerade im Begriff, die abgerostete UKW-Antenne mit Klebeband zu fixieren, als in der Ferne ein Martinshorn tutete.

In Luneort hatte es schon seit Monaten keinen richtigen Unfall mehr gegeben. Der letzte war Weihnachten vor ein paar Jahren passiert, als ein Aushilfspilot zu dumm oder zu faul war, morgens den Schnee von seiner Islander zu fegen. Der Flug endete fünfhundert Meter weiter mit acht Leichen in der Weser.

War heute wieder etwas in der Art los? Unwahrscheinlich, denn die legendären Helgolandflieger waren noch gar nicht aktiv. Kopfeinziehen und ängstlich den Himmel beobachten war erst ab halb zehn gefragt. Wem galt also das Tatütata auf dem Gelände?

Osterloh steckte neugierig seine Nase aus dem Hangar. Keine Feuerwehr, sondern Polizei! Also kein Unfall, sondern ...ja, was denn? Was hatte die Polizei hier zu suchen? Wo wollten die überhaupt hin? Hier, zu ihm?! Und wozu brauchten die eine Hundertschaft?

„Herr Osterloh?"

„Was wollen Sie?"

Diese Frage war für Kommissar Wedekind vom Bremerhavener Drogendezernat leicht zu beantworten. Es war Freitag und da wollte er möglichst rasch Feierabend machen. Aber mit der Antwort hätte er sich womöglich einen Satz heißer Ohren eingefangen. Osterloh sah kampfbereit aus.

„Machen wir es kurz. Das hier ist eine Durchsuchungsanordnung vom Amtsgericht Bremerhaven für Ihre Betriebsräume wegen des Verdachts auf den Besitz von Betäubungsmitteln. Sie können sich die Sache erleichtern, indem Sie uns freiwillig sagen, wo Sie das Zeug versteckt halten."

„Sie haben sie ja nicht mehr alle stramm sitzen."

Die dazugehörige Geste war eindeutig. Wedekind seufzte und zeigte auf die Cessna vor der Halle.

„Gehört die Ihnen?"

„Ist das verboten?"

„Kann ich da mal reinschauen?"

„Kann ich was dagegen machen?"

„Ist die abgeschlossen?"

„Natürlich, bei der Kriminalität heute!"

Die Cessna war schneller offen, als Osterloh den vor Erstaunen aufgerissenen Mund schließen konnte.

„Was ist das denn? Das habe ich noch nie gesehen! Das gehört mir nicht!"

„Natürlich nicht. Sie sind trotzdem festgenommen. Feierabend!"

Er zählte genussvoll fünf Streifenwagen, zwei Kleinbusse und einen alten Vectra, aus dem sich zwei zivile Bullen schälten.

Horrido! Die Jagd war eröffnet und das Wild umzingelt. Die Polizei würde es ihm direkt in die Arme treiben. Dann musste es nur noch jemand abschießen.

Die Durchsuchung hatte sich bis mittags hingezogen, der Erfolg blitzartig die Runde gemacht. Die Kollegen kamen der Reihe nach, um Wedekind zu gratulieren.

Die Polizei war im Kampf gegen Drogen hoffnungslos unterlegen und so war die Meldung über den taufrischen Fund von zwei Kilo Kokain, fünf Kilo Heroin und 20.000 Tabletten Speed eine gute Meldung. Die Altersstrukturen im Drogendezernat waren flach, die Aufstiegsmöglichkeiten verstopft, solche Erfolge machten den Weg frei. Also schon mal ausführlich beim künftigen Chef rumschleimen.

Der genoss ausgiebig seinen Erfolg und versuchte sich anschließend an einer Befragung von Osterloh, der sich aber als zäher Brocken erwies.

„Kein Geständnis? Nicht? Selber schuld. Dann dauert das eben alles ein bisschen länger."

Das war Wedekinds ausgefeilte Vernehmungsmethode, lange geübt, nie erfolgreich, aber sie ersparte Überstunden und das Abfassen umständlicher Protokolle.

Osterloh blieb bei seiner Aussage.

„Davon weiß ich nichts, damit habe ich nichts zu tun, an die Cessna konnte jeder ran. Fragen Sie mal meinen Mechaniker."

Mechaniker, so ein Quatsch. Immer auf die Kleinen.

Immerhin gab Osterloh preis, dass er vorgestern schon mal Besuch von der Polizei gehabt hatte. Ein großer Dünner, der nur teilnahmslos die Sonne verstellt hatte, und ein dicker Kleiner, der sich als Pizzabote ausgegeben, aber mit seiner violetten Kunstseidenkrawatte in dieser Rolle nicht überzeugt hatte. In der Rolle als Polizist übrigens auch nicht.

Pizzabote, das konnte eigentlich nur Eilers sein. Wilderte Eilers in seinem Revier?

Doesburg und Eilers sonnten sich bereits in der Vorfreude auf das Wochenende, als Wedekind ihre Pause unterbrach.

„Ist das hier der neue Pizzaservice?"

„Klar. Mit alles?"

„Lasst man. Wart ihr Mittwoch am Flughafen?"

„Ja. Wieso?"

„Dacht ich mir doch. Wir haben da heute ein Drogennest ausgehoben."

Doesburg schreckte aus seiner Feierabendstimmung auf.

„Wo?"

„Bei der Luftwerft. Was wolltet ihr Mordamateure da?"

„Den Mechaniker sprechen."

„Warum?"

„Ein Junkie hat sich am Mittwoch den goldenen Schuss verpasst. Lohse soll sein bester Freund gewesen sein."

„Lohse?"

„Der Mechaniker."

„Bester Freund oder Dealer?"

„Gute Frage, Lohse war jedenfalls nicht da. Urlaub. Zu Hause war er auch nicht."

„Was wollt ihr in der Sache unternehmen?"

Eilers gähnte herzhaft.

„Jetzt nichts mehr. Kein Hinweis auf Fremdverschulden. Der Typ hat den Skorpion gemacht und für die Drogenscheiße seid ihr zuständig. An deiner Stelle würde ich mich ja um diesen Lohse kümmern. Der hängt da bestimmt mit drin."

Wedekind wandte sich angewidert ab. Seit wann nahm er Ratschläge aus der zweiten Reihe entgegen? Das war endgültig Vergangenheit.

7

Schweinshaxe, Kohl und Pinkel, Spanferkel. Im Restaurant bestellte Osterloh meist die große Grillplatte und schaffte sie auch. Manchmal schaffte er auch zwei Platten mit Vor- und Nachspeise. Das waren dann jene Fressorgien, bei denen seinen Zuschauern schlecht wurde.

Heute wurde Osterloh auch schlecht, aber nicht wegen der Essensmenge. Die war übersichtlich. Eine Bratwurst niederster Qualität, nicht gebraten, sondern irgendwie lauwarm gemacht, wahrscheinlich einer Küchenhilfe in den Hintern gesteckt, umkleistert von einem Klecks Industriebrei, daneben ein Löffel zerquetschtes Sauerkraut. Am schlimmsten war der Geruch aus der Schüssel.

Seine Laune war ohnehin auf dem Tiefpunkt angekommen. Erst der Abtransport zur Polizei, dort die demütigende erkennungsdienstliche Behandlung, dann die Fahrt nach Bremen in einer anderen stinkenden Minna, eingesperrt auf 1,5 Quadratmetern zusammen mit einem ketterauchenden Junkie, der unterwegs gleich zweimal losreiherte. Dazwischen immer wieder neue Zellen und warten, warten, warten. Warten war etwas, was Osterloh immer schon schwer gefallen war.

Die Apokalypse der Untersuchungshaft nahm er anfangs nur schemenhaft wahr. Uralt, dreckig, bis ins letzte Detail verkommen, dröhnend laut, rappelvoll. Eine billige Filmkulisse, eine Diashow aus einer seltsamen Parallelwelt. Mit der Wirklichkeit hatte das nichts zu tun.

Sein Loch in der Geheimwelt hatte angeblich acht Quadratmeter inklusive Klo und war das letzte Mal gereinigt worden, als die Bremer Richter noch begeisterte Treueschwüre auf ein größeres Reich leisteten. Auf seine Frage, wer denn hier sauber mache, bekam er ausnahmsweise mal eine klare Antwort: Er.

Die Schließer hatten sich über den unbeholfenen Gast richtig amüsiert. Was, mit seinem Anwalt wolle er telefonieren? Ja, das könne er morgen machen. Das Essen sei nicht gut? Ja, so ein Pech aber auch.

So lag er jetzt auf einer fleckigen Matratze, umgeben von ungefilterten Geräuschen seiner Heavymetal verliebten Nachbarn. In den Pausen erklang türkische Katzenmusik. Er hatte weder Fernseher noch Radio und weigerte sich, das stinkende, mit Flecken und Brandlöchern übersäte Bettzeug zu benutzen. Die Matratze war eine jahrzehntealte Kloake. Der Versuch, die Toilette zu benutzen, endete in einer Überschwemmung. Als er das Notlicht betätigte, tat sich lange nichts, dann wurde ihm mürrisch die Auskunft gegeben, er solle gefälligst ins Waschbecken pinkeln, der Knast sei voll.

Zum ersten Mal war Osterloh mit sich selber ganz allein, ohne jede Möglichkeit der Ablenkung. Kein Radio, kein Fernseher, keine Zeitung, kein Bier. Ihn schauderte im Angesicht des Abgrunds und er dachte an Mike, der das schon oft erlebt haben musste.

Am Morgen fühlte Osterloh sich so ausgelutscht wie die rotäugigen, mies tätowierten Zahnpastabeine am Geländer, die den Neuankömmling mit stumpfen Augen taxierten.

Osterloh machte sich gleich an den Spießrutenlauf ins Büro.

„Ah, unser Promiknacki. Was gibt's denn schon wieder?"

Der Wärter hätte sein Sohn sein können. Der hätte was zu hören bekommen!

„Ich muss dringend meinen Anwalt sprechen."

„Dann schreiben Sie mal einen Antrag."

„Was für einen Antrag?"

„Da draußen liegen die Anträge."

„Was soll ich denn da drauf schreiben?"

„Wie wär's mit ich will meinen Anwalt sprechen."

„Das kann ich Ihnen doch auch sagen. Es ist dringend."

Der Schließer sah ihn gelangweilt an.

„Sie müssen das ja nicht aufschreiben. Dann wird das aber nichts. Außerdem ist heute Samstag."

„Hören Sie zu, wenn ich nicht gleich mit meinem Anwalt reden kann, dann können Sie sich auf etwas gefasst machen …"

„Und wenn Sie hier so weiter herumrandalieren, geht das gleich ab in den Bunker. Dagegen ist Ihr jetziges Zuhause eine Prachtvilla."

Bei dem Zauberwort Bunker blickte ein weißhaariger Kollege im Hintergrund gleich aufmerksam hoch und spielte voller Vorfreude mit dem Alarmknopf seines Funkgerätes.
„Schon gut. Aber ich habe nichts zu schreiben."
„Dann besorgen Sie sich was. Sie sind hier ja nicht alleine."
Osterloh bahnte sich seinen Weg zurück durch eine Zusammenrottung langzeitungewaschener Junkies, die kippequalmend über dem Geländer hingen.
„Hey, Oppa, geile Uhr."
„Brauchse was?"
„Ersse Mal hier, wa?"
„Bisse auch positiv?"
„Haste mal 'ne Drehung?"
Er hatte auf dem Hinweg einen Bodybuilder mit Seeräuberkopftuch ausgemacht, der etwas sozialisierter als die Aliens über dem Geländer aussah.
„Sagen Sie mal, ob Sie mir wohl mal einen Kugelschreiber leihen könnten? Ich muss so einen Antrag schreiben und …"
Der Bodybuilder taxierte ihn von oben bis unten, als hätte Osterloh um die Hand seiner Tochter angehalten, dann gab er ihm ein Zeichen, zu folgen. Vor der Zellentür hielten zwei Kumpel Wache.
Osterloh staunte. Pieksaubere Bude, ordentliche Möbel, Vorhänge, Teppich, Fernseher, Stereoanlage, Play Station.
„Das sieht aber schön aus hier bei Ihnen."
„Is vermutlich für länger. Setz dich."
Die Hölle auf dem Gang hatte Osterloh den letzten Willen geraubt. Er ließ sich auf das Bett fallen.
„Ich bin Charlie."
„Osterloh."
„Nachnamen gibt's hier nicht. Was brauchst du denn?"
„Nur einen Kugelschreiber. Nur für einen Moment."
Charlie griff hinter sich.
„Deiner."
„Oh, danke."
„Was brauchst du denn sonst noch?"
„Ja, ich weiß auch nicht, mein Bettzeug … und der Schlafanzug …"
„Das meine ich nicht. Richtiges Zeugs. Schore? Handy? Whisky? Pornos? Was zum Rauchen?"

Osterloh sah seinen neuen Freund verwirrt an.

„Schore? Was ist das denn?"

„Heroin."

„Ach so. Aber das ist doch hier alles verboten."

„Deswegen ist es ja auch ein bisschen teurer als draußen."

Charlie lachte genießerisch.

„Und das gibt es hier alles?"

„Klar, Mann."

„Drogen auch?"

„Lass mich raten. Du ziehst dir öfter mal 'ne Autobahn, oder? Kannst du alles bei mir kriegen. Oder lieber einen kleinen gemütlichen Gute-Nacht-Joint?"

Osterloh war immer noch fassungslos.

„Wie kommt das denn hier rein? Hier wird doch alles kontrolliert."

„Mann, du bist wirklich das erste Mal hier. Über Besucher, über Klamotten, über die Schergen, über Leute drüben von der Strafhaft. Da gibt's tausend Möglichkeiten. Die Bude hat soviel Löcher wie zwanzig Junkieärsche. Die vermiete ich übrigens auch. Wenn du Bock hast, für 'n Zehner ..."

Osterloh hob schützend die Hände.

„Oh Gott, nein."

„Wart mal ab, in ein paar Monaten siehst du das anders. Übrigens hab ich grad Pillen im Sonderangebot."

„Pillen?"

„Deprenalin und Dolophin. Klasse Kick. Wie LSD. Zwei einwerfen und du schläfst wie ein Baby. 1a Träume inklusive. Ich kann dir zwei für eine geben. Befristete Sonderaktion bis Weihnachten."

Osterloh schoss ein Gedanke durch den Kopf.

„Hast du auch Handys?"

„Klar, Mann. Einsfünfzig. Prepaid. Inklusive fünfundzwanzig Gesprächsguthaben."

„Aber Geld ist hier doch auch verboten."

„Oh Mann, du machst mich fertig. Hier ist fast alles verboten. Außer Fressen, Schlafen und Scheißen. Trotzdem geht fast alles. Bis auf Weiber, die krieg ich nicht rein. Noch nicht. Ich arbeite dran."

„Wie das denn?"

„Transen. Hab schon zwei in der Pipeline. Kommen nächsten Monat. Da kann ich dich aber nur auf Warteliste nehmen, da sind fast alle vor dir."

Osterloh schauderte.

„Ein Handy könnte ich gut gebrauchen. Hast du auch eins von diesen neuen Geräten mit Digitalkamera?"

Charlie lachte.

„Erinnerungsfotos für die Kleinen, was? Klar. Zweifünfzig. Und wenn du wagen solltest, mich zu fotografieren, wird das dein Grabfoto."

Das klang nicht mal wie eine Drohung.

„Aber ich habe kein Bargeld."

„Die Uhr geht auch."

„Gut. Aber dann will ich noch zwei Flaschen Whisky und zwei von diesen Pillen."

„Geht klar, Mann. Komm in einer Stunde wieder. Und halt dich von den Kanaken und Ölaugen fern. Die bescheißen rund um die Uhr. Genau wie draußen."

Am Nachmittag wurden die Zellen um halb drei aufgeschlossen, Osterloh schoss wie eine Rakete ins Büro.

„Hier. Mein Antrag. Für den Anwalt."

„Jetzt ist Wochenende."

Der weißhaarige ältere Schließer stand mit einer Miene hinter der Theke, als habe ihm jemand mit aller Gewalt in die Eier getreten.

„Mein Anwalt ist auch am Wochenende erreichbar."

Der Oberschließer taxierte Osterloh von oben bis unten.

„Schön für Sie. Sie sind dieser neue Drogenbaron, den die Bremerhavener hier abgeliefert haben, oder?"

Osterloh hob abwehrend die Hände.

„Damit habe ich nichts zu tun."

„Eins sage ich Ihnen. Wenn ich merke, dass Sie hier mit Ihren beschissenen Drogengeschäften weitermachen, dann gnade Ihnen Gott."

„Ehrlich, das ist alles ein Riesenmissverständnis ..."

„Aber sicher doch. Hier sitzen mehr als hundert Riesenmissverständnisse."

Die Zeit lief quälend langsam. Anstelle der Pillen hatte Osterloh sich zu einem Gramm Schore entschlossen, seine Uhr bot entsprechenden Verhandlungsspielraum.

Charlie versorgte ihn noch ungefragt mit Tipps.

„Versteck das Zeug bloß gut. Und sieh dich vor dem Röder vor."

„Röder?"

„Der alte Schlüsselknecht. Der mit den weißen Haaren, der dich vorhin so angemacht hat. Der hält dich für einen Dealer. Wenn der dich auf dem Zettel hat, hast du ein Problem."

„Wo soll ich die Schore denn verstecken?"

„Am besten in der Zahnpastatube. Da kommt keiner drauf."

„Der Röder hat mir gesagt, dass es hier keine Drogen gibt."

„Ach, Quatsch. Der weiß genau Bescheid, was läuft. Das ist ein alter Hase."

Die Freistunde fand am Nachmittag in einem kleinen, vermüllten Hof mit freiem Blick auf die Mauer statt.

Osterloh musste aufpassen, nicht von aus den Fenstern fliegenden Hähnchenknochen, Brotrinden oder verschimmelten Margarinebechern getroffen oder von verstrahlten Junkies umgerannt zu werden, die wie ferngesteuert im Kreis rannten.

Röder hatte Aufsicht. Osterloh beobachtete, wie er sich länger entspannt mit Charlie unterhielt, dann kam Röder auf ihn zu.

„Na, Sie müssen sich ja wie zu Hause vorkommen."

„Wieso?"

„Hier im Knast ist mehr Stoff als in ganz Bremerhaven."

„Hier?!"

Röder sah ihn scharf an.

„Nun tun Sie mal nicht so unschuldig. Der Knast ist voller Junkies und die Preise hier drin dreimal so hoch wie draußen. Was haben Sie denn für ein Gramm Heroin bekommen? Oder haben Sie nur in Großhandel gemacht?"

Osterloh hob abwehrend die Hände.

„Ehrlich, ich habe damit nichts zu tun."

„Mir brauchen Sie nichts vorzumachen. Hier im Knast werden jeden Monat locker hunderttausend umgesetzt. Aber für Sie ist das wahrscheinlich nur Kleingeld. Sie sollten sich schämen, in Ihrem Alter."

„Hunderttausend? Warum machen Sie dann nicht einfach die Schotten dicht? Ich versteh das nicht. Hier gibt's ja nicht umsonst überall Mauern."

„Tun Sie doch nicht so scheinheilig. Wenn es hier keinen Stoff geben würde, hätten wir jeden Monat zwei Morde und fünf Selbstmorde mehr. Dafür reicht leider das Personal nicht. Trotzdem kann ich euch Arschlöcher nicht leiden. Ihr verdient mit dem Tod. Ihr seid Mörder. Drinnen wie draußen."

Osterloh wurde sauer.

„Ob Sie mir glauben oder nicht, ich habe mit der Sache nichts zu tun. Das wird sich bald herausstellen. Mir hat jemand Drogen untergeschoben."

Röder hatte gar nicht zugehört, sondern war einfach weitergegangen, in den Knastregen aus angefressenen Brotrinden, Milchtüten und angelaufenen Cervelatwurstresten hinein.

Am Sonntag hatte Osterloh endgültig sein Zeitgefühl verloren. Aufstehen, hinlegen, essen, ein bisschen rumlaufen, alles versteckt aus der Hüfte fotografieren, sich blöde anlabern lassen, hinlegen, essen, hinlegen, zu schlafen versuchen. Hoffen und bangen.

Grübeln. Wo kam der Dreck in der Cessna her?

Rolf?

Wer sonst? War das der Grund, warum Rolf trotz unregelmäßiger Gehaltszahlungen bei ihm blieb? Und als er letzthin einmal andeutete, den Laden vielleicht verkaufen oder schließen zu wollen, da hatte ihm Rolf doch glatt durch die Blume zu verstehen gegeben, er wäre interessiert. Kleine Erbschaft und so weiter.

Kleine Erbschaft! Diese Ratte, dabei wusste Rolf über Mike Bescheid. Hatte Rolf etwa auch Mike …? Der Gedanke war zu schlimm, um zu Ende gedacht zu werden.

Woher hatte Rolf die Kohle für seinen Ami-Schlitten? Und dann die Kungelei mit Charlie Buschhammer. Dass da etwas faul war, sah ein Blinder mit Krückstock. Aber er hatte großzügig über alles hinweggesehen, Hauptsache, Rolf machte seine unterbezahlte Arbeit und stellte keine Fragen. Jetzt würde er Rolf jede Menge Fragen stellen, wenn er jemals wieder lebendig aus diesem Dreckloch raus käme.

Am Geländer das immer gleiche Bild. Völlig fertige Typen mit stumpfen Augen und Entzündungen an den Einstichstellen. Einer hatte ein Geschwür von der Größe einer Honigmelone in der

Leiste, bei dessen Anblick unter der Dusche er fast kotzen musste, das Bein eines anderen Junkies sah so aus, als hätte es vergangenen Monat amputiert werden müssen. Ein anderer war von Kopf bis Fuß mit rotem Schorf bedeckt und hätte ohne Umweg über die Maske jeden Hollywood-Mutanten spielen können.

„Osterloh!!"

Röder brüllte seinen Namen über die ganze Abteilung. Soviel zum Thema Datenschutz.

„Umziehen. Sie kommen auf meine Station."

„Hier. Da wohnen Sie jetzt."

Die neue Bude war wesentlich besser als die alte. Fast doppelt so groß, zwei Fenster, frisch gestrichen, die Toilette abgeteilt, fast wie im Hotel. Ein afghanisches Landhotel vielleicht, aber immerhin. Bis eben hatte er noch in einem aufgeweichten Zeltlager im Bakteriensumpf überlebt.

„Schön."

Osterloh sah sich genauer um.

Warum waren hier zwei Betten drin? Die wollten doch nicht etwa ... Nicht mit ihm. Er ging auf die Ampel.

„Ja?"

Röder.

„Ist das hier etwa eine Doppelzelle? Das mache ich nicht mit!"

Keine Antwort. Eine knappe Minute später machte es wieder klack-klack. Röder drückte einen kleinen, stämmigen Mann mit strähnigen Dackelhaaren durch die Tür. Es roch sofort nach Alkohol, Schweiß, Zwiebeln und alten Füßen.

Bevor Osterloh auch nur einen Ton herausquetschen konnte, war die Tür wieder dicht. Klack-klack, Nachtverschluss.

Der Neue kannte sich aus und war die Ruhe selbst.

„Ich liege unten."

In Osterloh keimte Panik auf.

„Äh, ich bin nicht so einer ..."

„Dann is ja gut."

Der Neue war ungefähr in seinem Alter, unrasiert, ungewaschen, dafür Tattoos rundum. Am rechten Oberarm präsentierte er eine gewagte Kombination aus Haifisch und Blondine, aufgetragen von einem talentlosen Fünfjährigen. Das von Generationen verschwitzte Knastunterhemd war etliche Nummern zu klein.

Der Typ richtete sich in aller Ruhe häuslich ein, machte sein Bett und kümmerte sich überhaupt nicht um Osterloh.

Der besann sich in der Not auf seine Fähigkeit, mit Menschen aller Art zu kommunizieren.

„Ich heiße Udo."

„…"

„Warum bist du denn hier?"

„M…"

„Was? Ich hab dich nicht verstanden."

„Mord."

„Oh. Dann wird das ein bisschen länger dauern, oder?"

„Anzunehmen. Und auf den nächsten kommt es nicht mehr an. Ich krieg sowieso SV."

„SV?"

„Sicherheitsverwahrung. Warste schon mal Mordopfer?"

„Nein, natürlich …"

„Dann frag nicht so blöd."

„Warum haben die uns wohl zusammengelegt?"

„Selss…"

„Was?"

„Selbstmordgefahr."

Auch das noch. Eingesperrt mit einem ungewaschenen verwilderten Selbstmordkandidaten auf zehn Quadratmetern.

„Du wirst dir doch nichts antun, oder?"

„Ich nich. Du."

Danach war der Wortschatz des Neuen endgültig versiegt, nicht aber seine Fähigkeit, permanent zu furzen. Alle paar Minuten meldete sein Zellengenosse von unten, dass noch Leben in ihm gärte.

Zum Glück wurde es draußen schnell dunkel und Osterloh verkroch sich tief in sich selbst hinein. Auf das Gebrüll entlang der Knastmauer hörte er schon gar nicht mehr, da ging es nur um Joints, Gras und Schore. Das war der Lebensinhalt der meisten Insassen.

Langsam verstand er, warum Mike mit dem Knast so gut klar kam. Dieser Knast war ein Junkieparadies. Regelmäßiges Essen, morgens eine ordentliche Portion Metadon, ein warmes Dach über dem Kopf, den ganzen Tag ungestört auf der Matratze abhängen, kein lästiges Generve, überall Kumpel, Nachschub ohne

Ende, und alles unter den fürsorglichen Augen von Vater Staat mit Taschengeld als Zugabe.

Drüben in der Strafhaft hatte nach Charlies Angaben eine Kurdenbande den Handel mit Hasch so fest im Griff, dass man locker dreißigtausend pro Monat einfuhr. Vom Handel mit anderen Leckerlis ganz zu schweigen. Der Knast als Geschäftsmodell. Die Villa am Schwarzmeerstrand finanziert durch ein Jahr Knast in Deutschland. Würde ein Drehbuchautor so eine Story abliefern, wäre das sein sicheres Ende.

Aber warum? Wenn er zwei Tage brauchte, um zu kapieren, was hier drin abging, dann wusste die Anstaltsleitung natürlich längst Bescheid. Warum duldete man diese Zustände? Verdiente man wenigstens mit?

Osterloh war so in seine Gedanken vertieft, dass er gar nicht mitbekam, wie die Zellentür aufgeschlossen wurde. Als er sich verwundert die Augen rieb, war es zu spät. Vier nach Schweiß und Zwiebeln stinkende Gestalten hockten auf ihm und sabberten ihn voll. Ein mit Haifisch und Blondine tätowierter glänzender Arm zwängte ihm eine Tube Zahnpasta in den Mund und drückte zu. Er bekam keine Luft mehr und würgte. In den Augenwinkeln tauchte eine Halluzination von Röder im Türrahmen auf, dann riss seine Filmrolle.

8

Peter Neudeck, Chefreporter des „Bremer Kurier" hatte immer wieder groß über den „Todesengel von Helgoland" berichtet und sich hingebungsvoll darüber ausgelassen, dass es sich bei einem der Passagiere um eine bildschöne Blondine handelte.

Davon hatte Neudeck genügend in seinem Bett, so dass es ihm nicht schwer fiel, seine Geschichten ansehnlich mit Mustern und Vorlagen zu garnieren. Schlagzeilen wie „Nordsee vernascht Blondinen", „Warum musste Engel im Dreieck des Grauens sterben?" oder einfach nur „Die hemmungslose Fliegerbraut von Helgoland" stammten aus seiner Feder.

Er hatte außerdem einen verkrachten Assistenten der Uni Bremen aufgetan, den er mit der Theorie zitieren durfte, dass das Bermuda-Dreieck unaufhaltsam der Wärme des Golfstroms folge und kurz vor Bremerhaven stehe. Dass der hochgradig heroinsüchtige Mann im Fachbereich Sozialpädagogik vegetierte und kaum lesen und schreiben konnte, blieb Neudecks Geheimnis.

Kein Geheimnis blieb der Aufmacher der Samstagsausgabe, die er jetzt stolz in den Händen hielt.

„Das Weibchen in den Klauen der Bermuda-Mutanten"

Die dazugehörige Fotovorlage wälzte sich müde neben ihm im Bett.

Amtsrat Friedhelm Peter war in seinem Bemühen, Licht in das Dunkel des Verschwindens von HEX 007 zu bringen, einen großen Schritt weitergekommen.

Inspiriert durch die enorme Presse hatte er sich bei der Stadtbücherei mit Literatur über das Bermudadreieck und andere übersinnliche Phänomene eingedeckt, die überraschende Lösungsansätze bereithielt. Insbesondere die wissenschaftlich fundierten Ausführungen eines Kaders der Uni Bremen, wonach es physikalisch mehr als wahrscheinlich sei, dass das Bermudadreieck der Reizüberflutung des Golfstroms gefolgt sei, was man ja unschwer daran ablesen könne, dass bei den Bermudas selber schon lange nichts mehr vorgefallen sei, überzeugten ihn. Dagegen konnte man wirklich nichts vorbringen.

Im Grunde bot die Bermudatheorie die schlüssigste Erklärung für das Gesamtgeschehen. Das Flugzeug von einem kosmischen Wurmloch aufgesogen, die Passagiere in Raum und Zeit gefangen, der Pilot auf dem Altar des Unbegreiflichen geopfert.

Und jetzt waren die Reste des Flugzeugs endlich von diesem kosmischen Wurmloch wieder ausgespuckt worden, so dass er das Unbegreifliche auch würde beweisen können!

Kinder hatten beim Baden am alten Dampferanleger im Wangerooger Osten bei Ebbe ein lustiges Sprungbrett entdeckt und ausgiebig benutzt, bis jemand die rote Lampe am Ende auffiel. Das Sprungbrett entpuppte sich als die Tragfläche der verschollenen Islander.

Die Wasserschutz schaffte es, das Wrack bis zum Auftauchen eines Bergungskrans in den Gezeitenströmen zu verankern. Ein Schlepper verfrachtete die Schute mit der Islander später nach Bremerhaven, wo im Fischereihafen eine wachsende Menge Schaulustiger ein dünnes Männchen in übergroßem Overall dabei beobachtete, wie es vor Aufregung von einem Bein aufs nächste hüpfte.

Das Wrack war vollständig und leer. Keine Passagiere, keine Gepäckstücke, nur eine Babyscholle im Cockpit. Natürlich wurde der Fisch ausgiebig fotografiert, mit einer Nummer versehen und sichergestellt. Das tote Tier sollte später als „geheimnisvoller Rochen des Todes" durch die Presse geistern.

Nach dem Betriebsstundenzähler war die Maschine seit dem Start in Helgoland etwa eine halbe Stunde in der Luft. Dieser Buschhammer hatte also nicht lange gefackelt und war ruck zuck zur Absturzstelle geflogen.

„Hallo!"

Aber warum?

Die Triebwerke saßen noch da, wo sie werksseitig verbaut wurden und ließen sich durchdrehen. Keine Feuerspuren, die Ruder funktionierten. Warum um alles in der Welt hatte Buschhammer eine intakte Maschine ohne Notruf in die Nordsee gerammt? In Peters Kopf formte sich langsam ein Bild.

„Hallöchen!"

Noch dazu weit ab vom ursprünglichen Kurs! Die Maschine war zehn Meilen südlich von Helgoland von den Schirmen verschwunden, wieder aufgetaucht war sie weitere zwanzig Meilen südwestlich. Warum hatte das niemand auf dem Radar beobachtet? Das Bild wurde immer klarer.

„Hallo, Hengstilein!"

Er riss den Kopf herum und lief an wie ein gekochter Hummer. Kathrin! Sein Luder!

„Bussi! Hier bin ich!"

Peter wuchs blitzartig ein hervorstechendes Körpermerkmal.

„Wo warst du denn die ganze Zeit?"

„Freust du dich denn gar nicht, mich wieder zu sehen?"

„Doch, doch, aber ..."

„Nachher wird Wiedersehen gefeiert, mein großer Hengst. Einverstanden?"

Die Umstehenden staunten nicht schlecht. Manchmal klaffte offenbar eine große Lücke zwischen Schein und Sein. Eine Riesenlücke. Das Interesse der anwesenden Pressefotografen konzentrierte sich schlagartig auf das Hengstilein und sein Boxenluder.

Zwischen Amtsrat Peter und seinem drängenden Wunsch nach mehr stand der Wunsch von Kathrin nach einem Abendessen. Aber es war Wochenende und da konnte man seinem Frauchen schon mal einen Wunsch erfüllen, zumal auf Spesen.

„Hast du denn schon etwas herausgefunden, mein Schnuckelpurz?"

„Ja, klar."

Zwei eisblaue Halogenscheinwerfer strahlten ihn an.

„Erzähl. Ich bin ja so gespannt."

„Aber das darfst du nicht schreiben. Jedenfalls nicht, ohne mich als Quelle zu zitieren."

„Ich verspreche dir hoch und heilig, dass du jedes Wort in meinem Artikel vorher zu lesen bekommst."

„Gut. Denn damit werde ich berühmt."

„Womit?"

„Mit meiner Theorie."

„Was für eine Theorie?"

„Zu den rätselhaften Ereignissen hier und im Bermudadreieck. Ich habe die Rätsel gelöst."

„Erzähl, mein Hasenzahn."

Das hörte Peter nicht so gerne, aber er schrieb es dem journalistischen Übereifer und der ausgeprägten Beobachtungsgabe seiner Auserwählten zu. Er kam zur Sache und begann mit erhobenem Zeigefinger.

„Also, mal ganz der Reihe nach. Die Maschine ist am Samstag in Helgoland gestartet und nach ungefähr fünf Minuten vom Radarschirm verschwunden."

Peter zog eine alte Straßenkarte von Nordwestdeutschland hervor.

„Hier. Das war ungefähr hier."

Er markierte einen Punkt in der blauen Nordsee mit einer Cocktailkirsche.

„Abgestürzt ist er aber hier."

Cocktailkirsche Nummer zwei hauchte ihr Leben am Ostzipfel von Wangerooge aus.

„Ja, und?"

„Die Frage ist doch, wo er in der Zwischenzeit war."

„Da ist er von der einen Kirsche zur anderen geflogen, nicht wahr, mein Zuckerdackel?"

„Eben nicht. Denn dann hätte ihn die Flugsicherung auf dem Radar gesehen."

„Ja, aber …"

„Genau. Ein Rätsel. Wie das mit den Passagieren."

„Stimmt. Wo sind die geblieben? Und die Gepäckstücke?"

Peter lehnte sich mit großer Märchenonkelmiene zurück.

„Im Wrack jedenfalls nicht, angeschwemmt wurden sie auch nicht."

„Nun mach es nicht so spannend. Was ist passiert? Wo sind die Leute und die Sachen?"

„Also. Das hier ist genau wie früher im Bermudadreieck. Damals sind reihenweise Flugzeuge und Schiffe verschollen. Es gibt Wissenschaftler, die behaupten, dass übernatürliche Kräfte die normale Navigation und die Kräfte der Schwerkraft aufheben. Da nur ganz selten Wracks gefunden wurden und in einem Fall eine ganze Staffel von intakten Flugzeugen mit gut ausgebildeten Piloten an Bord verschwunden ist, gehen viele Experten mittlerweile davon aus, dass die Flugzeuge von Außerirdischen entführt wurden."

Sie sah ihn einen Moment fassungslos an.

„Das ist nicht dein Ernst, oder?"

„Natürlich nicht. Das mit den Außerirdischen ist Blödsinn. Die Lösung ist viel einfacher. Hast du schon mal etwas von der Flatulenztheorie gehört?"

„Was?"

„Flatulenztheorie. Du wirst sehen, damit werde ich berühmt. Darüber schreibe ich ein Buch, das schwöre ich dir."

Peter schien sich zu erinnern, dass Schreiben eher Kathrins Metier war.

„Du kannst mir dabei helfen. Meinetwegen."

„Sicher. Aber was ist denn diese Flatulenztheorie? Was ist passiert? Wo war das Flugzeug? Wo sind die Passagiere und das Gepäck geblieben?"

„Die Flatulenztheorie. Die Lösung des Rätsels vom Bermudadreieck, und, das habe ich heute Nachmittag überprüft, auch unseres Falls. Das war ein Riesenfurz."

Kathrin sah Peter besorgt an.

„Ehrlich. Ich erkläre dir das mal so, dass du das auch verstehst. Also, unter dem Meeresboden entstehen durch Gärungsprozesse über Jahrtausende riesige Gasblasen. Der Druck in diesen Gasblasen wird irgendwann so groß, dass die sich schlagartig nach oben entladen. Das war am Samstag hier der Fall. Diese Gasblasen bringen das Wasser förmlich zum Kochen und reißen in diesem Strudel alles mit sich, was sich darüber befindet. Das sind viele tausend Kubikmeter irgendwelcher giftigen Gase. Und nach einer Minute oder so ist alles vorbei. Wer nicht in der Nähe ist, der kriegt nichts von der Sache mit. Der sieht höchstens eine Windhose, wie ein wichtiger Zeuge am letzten Samstag. Das passt alles hundertprozentig."

Peter nahm einen tiefen Schluck. Kathrin hatte allerdings nicht aufgehört, ihn anzustarren.

„Das verstehe ich nicht. Wo sind die Passagiere?"

„Die sind in eine Raum-Zeit-Komponente gekommen, eine Art kosmisches Wurmloch. Das kann durch solche gewaltigen Flatulenzen ausgelöst werden. Das ist so irre mächtig, dass das gesamte Gleichgewicht durcheinander kommt."

„Was?"

„Wenn du mir nicht glaubst, dann kannst du das alles bei Stephen King nachlesen, der hat darüber ein klasse Buch geschrieben."

„Stephen King?"

„Ja. Das Universum ist aus Nusseis."

„Du meinst Stephen Hawking. Das Universum in der Nussschale."

„Ja, das ist doch egal. Jedenfalls schreibt der das genau so ähnlich."

9

Der Montag versprach, langweilig zu werden. Doesburg liebte langweilige Arbeitstage.

Bei Dennis Hünefeld den Background zum goldenen Selbstschuss ermitteln, bei Karl Buschhammer den Heini vom Luftfahrtbundesamt befragen, ob die Untersuchung des Wracks neue Erkenntnisse zutage gefördert hatte, zwei Protokolle schreiben, geduldig auf das nächste Wochenende warten.

Frau Elvers ärgern.

„Na, was macht die neue Diät? Schon Fortschritte?"
„Sehen Sie das nicht?"
„Wo genau?"
„Raus hier!"
„Äh, eins noch. Würden Sie mich bitte mit der Gerichtsmedizin ..."
„Dazu habe ich keine Zeit. Ich muss zum Personalrat, wegen Mobbing am Arbeitsplatz."

Doesburg wählte selber und ließ sich durch verschlungene Netze zum richtigen Obduzenten verbinden.

„Wie heißt der?"
„Dennis Hünefeld. Der liegt seit Mittwoch auf Eis. Ich wüsste gerne ..."

Leises Rascheln.

„Der ist hier nicht."
„Muss aber. Ein Junkie."
„Ach so, ich hab bei den Sapiens nachgesehen. Ja, der ist durch. Was wollen Sie wissen?"
„Alles."
„Hünefeld, Dennis, Kaukasier, Größe 187 Zentimeter, Gewicht 124,3 Kilogramm, zwei Furunkel auf der Nase, Schuppenflechte im Schr..."
„Nein, doch nicht alles. Woran ist er gestorben?"
„Überdosis Heroin. Sagenhaft reines Zeug. Der muss abgegangen sein wie ein Zäpfchen."
„Fixer?"

Der Obduzent wurde einen Moment nachdenklich.

„Eigentlich nicht. Einstiche hatte er jedenfalls keine. Vielleicht hat er sich öfter mal eine Autobahn gezogen. Die Nasenscheidewand war voller Geschwüre. Und Speed hat er gemocht."

„Sonst noch was? Irgendwelche Zeichen von Gewaltanwendung?"

„Nein. Aber er hatte Sex."

„Sex?"

„Ja, das ist, wenn …"

„Ich weiß, das habe ich schon mal im Kino gesehen. Wann?"

„Unmittelbar vor seinem Tod. Wir haben eingetrocknete Samenflüssigkeit gefunden."

„Spuren einer Frau?"

„Frau?"

„Ja. Früher, in meiner Generation, da hatte man Sex überwiegend mit Frauen."

„Ach so. Das hat sich geändert. Nein, keine Spuren einer Frau. Vielleicht im Do-it-yourself-Verfahren."

„Wie darf ich mir das denn vorstellen? Der holt sich einen runter und setzt sich dann einen goldenen Schuss? Das ist ja ein Genießer."

Der Obduzent kicherte.

„Nein. Ich nehme an, dass da noch eine zweite Person war."

Doesburg horchte auf.

„Wie kommen Sie darauf?"

„Auf der Spritze war nur ein einziger Fingerabdruck. Und zwar, jetzt kommt's, von seinem linken Daumen. Steht übrigens alles im Bericht der Spurensicherung. Lesen erleichtert die Polizeiarbeit. Sollten Sie ruhig mal ausprobieren."

Doesburg informierte Eilers auf dem Weg zum Auto.

„Das heißt, es war Mord."

„Ja. Niemand kann sich mit dem linken Daumen eine Spritze in den linken Unterarm stechen."

„Aber wieso?"

„Warum."

„Was?"

„Warum, nicht wieso."

„Warum?"

„Keine Ahnung."

Eilers schwieg beleidigt.

„Hast du das Protokoll der Kollegen aus Recklinghausen gelesen? Das müssen ja Verhältnisse sein. Seine Mutter ist Säuferin und hat ihn seit drei Jahren nicht mehr gesehen."

Eilers antwortete nicht.

„Und der Vater ist selbst der Mutter unbekannt."

Eilers kniff den Mund zusammen und fuhr noch eine Spur zackiger.

„Und hier hatte er angeblich einen Job mit Flugzeugen. Ob das was mit seinem besten Freund Lohse zu tun hat?"

Eilers schwieg wie ein dickes Hügelgrab bis nach Eidewarden.

Die Spurensicherung erwartete sie bereits.

Frau Meyerdierks lauerte diesmal nicht hinter ihrer Sonnenbank für Arme, sondern steckte zusammen mit einem aufgelösten Tierarzt im Stall.

„Ich kann jetzt nicht. Ja, von mir aus können sie da oben alles auf den Kopf stellen. Aber nichts kaputtmachen! Die Einrichtung gehört mir!"

„Wissen Sie, ob Dennis Hünefeld eine Freundin hatte?"

„Freundin? Für so was hatte der keine Zeit. Der Junge war immer unterwegs. Aber fragen Sie Eckart. Ich muss mich um die Tiere kümmern. Sie sehen ja selbst, was hier los ist. Die drehen völlig durch."

Die dreißig Milchkühe zappelten in ihren Boxen wie Teenies bei einem Konzert von Tokio Hotel. Dazu stießen sie aufgeregte Laute wie ein guter Gangsterrapper hervor und rollten mit den Augen wie Elvis mit den Hüften.

„Was haben die denn? War die Milch schlecht?"

„Ich weiß nicht. Die drehen völlig durch."

Auch der rotgesichtige Tierarzt schien mit seiner Weisheit am Ende.

„So etwas habe ich noch nie gesehen."

Doesburg fand Eckart im Wohnzimmer vor einem blutigen Bildschirm in Begleitung eines Game Boys.

„Sag mal, was ist denn mit den Tieren los?"

„Weiß ich doch nicht."

„War ja nur 'ne Frage. Hast du den Freund von Dennis noch mal gesehen? Diesen Rolf?"

„Nee."
„Und diese Frau, von der du mir erzählt hast? Diese große Blondine?"
„Nee."
„Willst du deiner Mutter nicht helfen?"
„Nee."
Eckart schoss weitere Maschinengewehrsalven auf Partisanen ab. Doesburg floh vor den Explosionen in Dennis Hünefelds ehemaliges Reich unter dem Dach, wo sich die Drogenhunde ebenso wie ihre Herrchen langweilten.
„Stoff ist hier keiner, aber das haben wir gefunden."
Die Tüte war gestopft voll mit Banknoten.
„Wo?"
„Unter der Matratze."
„Wie viel?"
„Schätzungsweise zehn Mille."
„Und sonst?"
„Nichts. Der hat hier nicht gewohnt. Keinerlei persönliche Sachen. Nicht mal Unterhosen. Sollen wir auf dem Gelände suchen?"
„Dürfen wir ohne konkreten Verdacht nicht, das weißt du doch. Der hat nur die Bude hier bewohnt."

Die Köter hielten sich nicht an die Feinheiten der Strafprozessordnung. Auf dem Rückweg zum Bulli drehten sie auf und kläfften den Kuhstall wie einen goldenen Haschmond an. Der Hundeführer sah Doesburg fragend an.
„Ist das jetzt ein konkreter Verdacht?"
„Und wie."
Der Hundeführer ließ seine Schützlinge von der Leine, die sofort Kampfstellung vor den Futternäpfen einnahmen. Die Kühe verteidigten ihr leckeres Essen mit ungeahnter Energie, der ungleiche Kampf endete mit einem lauten Rückzug der beleidigten Hunde. Auf der Hundeschule hatte man ihnen beigebracht, dass Polizeihunde gefälligst immer zu siegen hatten.
„Da ist was drin."
„Im Futter?! Niemals!"
Frau Meyerdierks hielt instinktiv zu ihren Kühen. Der Hundeführer war anderer Meinung.

„Klar ist in dem Futter was drin. Gucken sie sich doch mal Ihre Viecher an. Die hoppeln rum wie diese Halbblöden auf der Laffpäreid."

Er hielt aus tiefstem Herzen nichts von den gesellschaftlichen Veränderungen der letzten Dekaden.

Nach Trennung der Kampfhähne und einigen raschen Ermittlungen der Hunde im Heuschober stellte sich heraus, dass Dennis Hünefeld eine große Tüte mit Ecstasy-Pillen im Winterheu versteckt hielt, von wo sie heute früh zufällig unter das Viehfutter gehäckselt worden waren. Die Kühe waren mit dem ungewohnten Futterzusatz sehr zufrieden und muhten energisch nach mehr.

Frau Meyerdierks konnte es nicht fassen.

„Dann sind die Kühe jetzt alle verrückt?"

„Und wie. Für die Milch können Sie das Doppelte nehmen."

Eilers hatte seinen Spaß.

„Woodstock in Eidewarden. Das glaubt einem keiner."

Der Tierarzt schien nach wie vor überfordert und sah Doesburg vorwurfsvoll an, als seien gedopte Kühe Sache der Polizei.

Doesburg sah bei der Abfahrt aus den Augenwinkeln, wie Eckart mit traurigen, blutunterlaufenen Augen aus dem Wohnzimmerfenster in den Stall starrte, als würde er gerne mit den Kühen tauschen.

Rolf Lohse war schon wieder nicht zu Hause, die Lockenwickler seiner Nachbarin schienen dagegen eine Dauerleihgabe des Friseurs zu sein.

„Kommen Sie schon wieder mit Ihrer Pizza? Ich glaub nicht, dass der Rolf da ist. Ich hab den schon seit Tagen nicht mehr gesehen. Und was ist das überhaupt für eine komische Pizza? Wieso kommen Sie denn jetzt schon mit der Polizei? Ist mit Ihrer Pizza was nicht in Ordnung? Die Firma muss ich mir aber merken."

Der Mann von der Spurensicherung schaute irritiert von der Nachbarin zu Doesburg, der sich aber nicht zu wundern schien.

„Wann haben Sie Herrn Lohse denn das letzte Mal gesehen?"

„Ach so, von der Polizei sind Sie, die Geschichte mit der Pizza kam mir gleich spanisch vor. Vor einer Woche hab ich den das letzte Mal gesehen, am Freitagmorgen. Da isser auf Arbeit, wie immer."

Der Spurenmann brach derweil die Türe auf.

Drei Zimmer, kalt, langweilig, ordentlich. Doesburg fand auf den ersten Blick nichts Interessantes.

„Na, dann sucht mal schön. Und holt die Hunde. Das scheint ja ganz gut mit denen zu klappen. Und sagt Wedekind Bescheid. Das hier ist seine Arbeit. Wir sehen nach, ob Lohse auf der Arbeit ist."

Der kleine Flughafen von Luneort wurde wie ein richtiger Flughafen bewacht. Der dicke Wachmann in schwarzer Uniform pumpte sich auf.

„Die Luftwerft ist geschlossen. Da kann niemand hin. Auch die Polizei nicht."

„Doch. Wir müssen uns da umschauen."

„Der Chef sitzt im Knast, ich weiß nicht, ob ich Ihnen die Schlüssel geben kann."

„Wissen Sie, ob der Mechaniker da ist? Der Herr Lohse?"

„Glaub ich nicht. Aber ich kann Ihnen den Schlüssel nicht …"

„Doch, ganz bestimmt."

Eilers konnte mit seinem Dackelblick jedem Bankkassierer mühelos den Kassenschlüssel abschnacken, da war ein kurzgeschulter unterbezahlter ehemaliger Hartz IV-Empfänger in Luneort keine Herausforderung.

„Na gut. Auf Ihre Verantwortung."

Dabei sah der Mann Doesburg an, was Eilers ärgerte.

„Blödmann."

Sie überquerten das Flugfeld zu Fuß, auf Du und Du mit der großen weiten Fliegerwelt, die zum Glück gerade Pause machte.

Das Büro der Luftwerft war restlos von Wedekind geplündert worden, die Halle bis auf ein ausgeweidetes Flugzeug leer. Von Lohse keine Spur.

Eilers spielte mit einer Heftmaschine, Doesburg machte sich laut Gedanken.

„Hier ist nichts mehr für uns zu holen."

„Wo mag der Kerl bloß stecken? Sollen wir eine Fahndung rausgeben?"

„Weswegen denn? Das ist zu dünn. Aua!"

Eilers pulte eine Heftzwecke aus dem Handballen.

„Was machst du denn da?"

„Nichts."

Sie setzten sich auf hellbraune aufgeplatzte Skaisitze mit der Aufschrift „Piper" und sahen sich um. Schmutzige Ersatzteile, altes Werkzeug, unidentifizierbare dreckstarrende Aggregate, grobe Unordnung.

„Mannomann, und hier werden Passagierflugzeuge repariert? Das ist ja nicht zu fassen."

Eilers sah sich ungläubig um.

„Noch komischer ist der Gedanke, hier Drogen zu lagern."

„Vielleicht nur ein Zwischenlager."

„Selbst wenn: Wie kommt das Zeug hier hin?"

„Mit Flugzeugen. Womit sonst?"

Eilers war nicht überzeugt.

„Und woher?"

„Da, wo die Flugzeuge herkommen."

„Und wo kommen die Flugzeuge her?"

Doesburg überlegte.

„Von den Inseln."

Jetzt wurde es Eilers zu bunt.

„Wer ist denn so blöd und transportiert Drogen auf dem Luftweg von den Inseln nach Bremerhaven?"

„Vielleicht dieser tote Pilot. Dieser Buschhammer."

„Du meinst, da besteht ein Zusammenhang?"

Doesburg stand auf und wanderte um die Ölflecke herum.

„Ist doch denkbar. Osterloh, Lohse und Buschhammer haben sich mit Sicherheit gekannt. Vielleicht ist die Maschine hier gewartet worden. Komm, wir gehen mal fragen. Auf diesem winzigen Platz bleibt doch höchstens verborgen, was der Kantinenkoch in das Frikassee panscht."

Auf dem Computerbildschirm des verschwitzten Lotsen im Tower von Luneort lief etwas, was er blitzschnell vor den Augen von Doesburg und Eilers verbarg, die Schwellung in seiner Hose zeigte, dass es sich nicht um den Wetterbericht gehandelt hatte.

„Wie? Was wollen Sie wissen? Wo der Charlie Buschhammer immer hin geflogen ist? Klar kann ich Ihnen das ausdrucken. Aber das kann ich Ihnen auch so sagen. Charlie ist praktisch nur nach Helgoland geflogen."

„Wo hat er seine Maschine warten lassen?"

„Wartung ist ein großes Wort. Der konnte gut mit dem Rolf."

„Rolf? Rolf Lohse?!"

„Ja. Rolf hat die Mühle mit Tesafilm und Popnieten zusammengehalten."

„Konnte Buschhammer überhaupt bezahlen?"

Der Lotse druckste herum.

„Na ja, das geht mich ja eigentlich nichts an, aber Charlie hat immer mal wieder Transportflüge für Rolf durchgeführt. Ich nehme an, das war für die Reparaturen."

„Wohin?"

„Helgoland."

„Was für Transporte?"

Der Lotse lief rot an.

„Ich weiß nicht, aber was holt man schon aus Helgoland."

„Was holt man denn aus Helgoland?"

„Unversteuerten Schnaps und Zigaretten, was sonst?"

Der Lotse bemerkte, wie Eilers gelangweilt ein paar Knöpfe auf der Schalttafel drückte.

„Hee, lassen Sie das, Sie bringen ja den ganzen Flugverkehr durcheinander!"

„Ehrlich? So leicht geht das?"

„Was denken Sie denn? Pfoten weg!"

Doesburg stand auf.

„Wissen Sie, wo der Herr Lohse ist?"

„Den hab ich seit letzter Woche nicht mehr gesehen."

„Wann geht denn der nächste Flieger nach Helgoland?"

„Wollen Sie sich das wirklich antun?"

Die Maschine erinnerte ihn an seinen alten Datsun, der Pilot an eine Figur aus der Sesamstraße und die Passagiere an Todeskandidaten.

Doesburg beobachtete misstrauisch, wie der dauergrinsende Pilot viel zu lange brauchte, die unwillig vor sich hin sprotzenden Motoren rund laufen zu lassen. Prompt vibrierte die enge Kabine so, dass ein loses Teil der Innenverkleidung an seinen Kopf schlug. Es stank nach Schweiß und Benzin.

Bewegen konnte er sich nicht, er war zwischen der Bordwand und einer fetten Matrone aus Duisburg in ärmellosem Top, unter dem tropfnasse Achselhaare hervorquollen, eingezwängt.

Eilers war erst mit der Aufgabenverteilung nicht einverstanden gewesen, aber als er den Flieger aus der Nähe sah, ließ er Doesburg ziehen.

„Da fehlt ein Aufkleber. Ich bin eine Dose. Schönen Urlaub noch."

„Von wegen, Urlaub. Ich setzte mich auf die Spur von gewissenlosen Drogenhändlern. Unter Einsatz meines Lebens."

Der Flug dauerte nur eine halbe Stunde, nach der Doesburg sich wie neugeboren fühlte. So ähnlich musste es sein, wenn man einen schweren Autounfall überlebte. Aufatmend kletterte er aus dem Vogel und registrierte, dass selbst das Pilotengrinsen wesentlich ungezwungener wirkte.

„Ich hoffe, Sie beehren unsere Airline bald wieder."

Ihm fiel so schnell keine passende Antwort ein.

„Wer ist hier eigentlich der Chef?"

„Wollen Sie sich über den Flug beschweren?"

„Nein, nein."

„Ehrlich nicht?"

Doesburg gab sich zu erkennen, der erleichterte Pilot präsentierte ihm den Chef des Helgoländer Airports.

Hermann Wätjen war ein dicker, gemütlicher, vollbärtiger Oldenburger, der nebenbei noch die Aufgaben des Flugzeugabfertigers, der Vorfeldaufsicht, des Hausmeisters und des Getränkeautomatennachfüllers ausfüllte. Wätjen sah überhaupt nicht wie ein kolumbianischer Drogenboss aus, eher wie ein Dackelzüchter aus dem Sauerland.

„Moin."

„Am Samstag, ist Ihnen da irgendetwas Besonderes aufgefallen, als die Helgoland Express nach Bremerhaven gestartet ist?"

„Gar nichts, da war alles wie immer."

„Können Sie sich noch an die Passagiere erinnern?"

„Zwei glaube ich. Ist ja nicht mehr viel los um die Zeit. Frau und Mann, mehr kann ich wirklich nicht sagen. Die Namen und so weiter müssten Sie aber bei der Airline bekommen."

„Haben Sie die beiden schon mal vorher gesehen?"

„Glaube ich nicht, aber was haben die denn damit zu tun, wenn das Flugzeug abstürzt? Werden da jetzt schon die Passagiere für verantwortlich gemacht? Kann ja wohl nicht wahr sein."

Jetzt war es mit der Oldenburger Gemütlichkeit aber gründlich dahin.

„Nein, aber der Absturz ist so rätselhaft, dass wir uns an jeden Strohhalm klammern."

„Was ist denn daran rätselhaft? Haben Sie die Maschine von dem mal bei Tageslicht gesehen? Das war der Trabbi der Lüfte, alles Plaste und Elaste, zusammengehalten von faulen Krediten und Knetmasse. Nee, das war ein elender Schrotthaufen. Hätte mich eher gewundert, wenn der in Bremerhaven angekommen wäre."

„Hatte die Maschine Fracht geladen?"

„Fracht?"

„Ja, Fracht. Koffer, Pakete, was weiß ich."

„Wieso?"

„Wie, wieso?"

„Äh, also, da kann ich mich nicht erinnern, wirklich nicht."

„Es gibt doch bestimmt so etwas wie eine Frachtliste, oder?"

„Ja."

Der Oldenburger war wortkarg geworden.

„Könnten Sie da mal nachsehen?"

Wätjen verschwand mit einem bösen Blick umständlich in seinem Büro und kam erst nach einer ziemlichen Weile mit der Liste wieder.

„Hier. HEX 007. Samstag. Keine Fracht. Nichts."

„Kannten Sie den Piloten?"

„Wieso?"

„Wie, wieso?"

„Buschhammer hieß der. Mehr weiß ich auch nicht."

„Kennen Sie zufällig einen Rolf Lohse? Das ist ein Mechaniker bei der Luftwerft in Bremerhaven."

„Was soll die Frage?"

Helgoland heißt bei denen, die es wissen müssen, Fuselfelsen und war zu keiner Zeit das Ziel von Studienreisen für Oberstudienrätinnen. Denen trauerte hier auch niemand nach. Die Bausubstanz von Helgoland konnte sich sowieso nicht mit Theben und Luxor messen.

Auf Helgoland kam es auf den Inhalt an. Hier wurden die Besucher bei ihrer Ankunft dazu verurteilt, möglichst schnell möglichst viel zu konsumieren und dann möglichst schnell wieder zu verschwinden. Zur leichteren Vollstreckung der Urteile war der Felsen sehr übersichtlich gestaltet. Ein paar Häuser, keine Autos, viel Freiflächen und überall Wind, der die Tagestouristen am

Nachmittag zum Hafen zurücktrieb. Es würde für Doesburg ein Kinderspiel werden, Wätjen zu beobachten.

Wätjen hätte vorhin freiwillig nicht einmal Buschhammers Zahnfarbe preisgegeben. Außerdem war Wätjens Flughafen von der Größe einer umgebauten Doppelgarage sehr übersichtlich. Wer hier etwas schmuggeln wollte, musste sich zwangsläufig mit Wätjen auseinandersetzen, deshalb setzte Doesburg sich jetzt mit ihm auseinander.

Wätjen kam mit der Dünenfähre um sieben und marschierte schnurstracks und gedankenverloren in das „Atoll." Es war leicht, ihm unbemerkt zu folgen.

In der Bar des „Atoll", dem ersten Haus am Platz, zwängte er seinen Bierbauch gewaltsam hinter den Tresen. Doesburg bekam sofort Magenkrämpfe bei dem Anblick und verzog sich in eine dunkle Nische voller schmutziger Teller, die das Luxusdesign aus Edelholzchrom gnadenlos auf Pommesbudenniveau drückten.

Wätjen schien sich an der Bar unwohl zu fühlen. Das „Atoll" war nicht seine Kragenweite. Wätjen schien eher für den Tresen des „Goldenen Hering" geschaffen. Er klammerte sich an seinem Bier fest und warf Blicke durch den Raum, als habe er Angst, beim Pinkeln im Wald beobachtet zu werden. Der gestylte Barkeeper wiederum schien keine rechte Freude an dem Waldschrat mit Exhibitionistenblick zu haben.

Nach zehn Minuten bekam Wätjen Gesellschaft.

Sein Gast war in allem das Gegenteil des Flughafenchefs. Klein, schlank, jung, beweglich, wache Augen, falsches Lächeln, spitze Visage, fette Breitling am Handgelenk, das Erkennungszeichen der Reichen und Blöden. Endlich lächelte auch der Barkeeper, der den Neuankömmling mit coolem Megahandschlag begrüßte.

Was gesprochen wurde, konnte Doesburg nicht hören, aber es war viel und heftig. Die Gesten drückten beiderseitige Unzufriedenheit aus, bis Wätjen schließlich mitten im Satz aufstand und ging.

Die kleine Verbrechervisage zeigte ein sozialisierteres Verhaltensmuster. Sie schleimte den Barkeeper noch ein bisschen voll, trank aus, zahlte und verschwand grinsend.

Die Visage wirkte von hinten in Dunkelheit und Regen mit der spitzen Kapuze und seinen wieselflinken Schritten wie ein Mainzelmännchen im Kokainrausch.

Doesburg konnte kaum folgen und sah gerade noch, wie das Männchen im Südhafen an Bord eines dunklen Schlauchbootes sprang, den Motor anwarf und schnurstracks Kurs auf einen im Vorhafen vor Anker liegenden Fischkutter nahm. Dann verschluckte der Regen alles.

Doesburg stelzte zurück ins „Atoll", nahm ein Zimmer, schluckte wegen der Preise und enterte die Bar.

Der Barkeeper bewies Menschenkenntnis und behandelte ihn gleich kühl und abweisend. Das änderte sich nicht, als er seine Marke herauskramte.

„Wollen Sie mir jetzt sagen, mit wem Herr Wätjen sich vorhin hier getroffen hat?"

„Wätjen? Kenne ich nicht."

„Doch."

„Nein."

„Was wurde denn gesprochen?"

„Nichts."

„Dann müssen Sie mitkommen."

Der Barkeeper sah erstaunt hoch.

„Wohin denn? Das hier ist eine Insel."

„Zur Polizei."

„Die hat schon seit zwei Stunden zu."

„Die macht gleich wieder auf."

„Sie sind doch aus Bremerhaven. Sie haben hier doch gar nichts verloren. Helgoland gehört zu Pinneberg."

„Da haben Sie in der Schule gut aufgepasst. Meinen sie im Ernst, ich lasse Sie laufen, nur weil Helgoland zu Pinneberg gehört?

Der Barmann schien nicht damit zu rechnen, außerdem machte er sich Sorgen um seine Trinkgelder.

„Was wollen Sie denn von dem?"

„Nichts Besonderes. Ein paar Fragen stellen."

„Na gut, aber von mir haben Sie das nicht. Das war der Rolf aus Bremerhaven."

Doesburg fiel fast vom Hocker.

„Rolf Lohse?"

„Ja."

„Beliefert der Sie auch mit Stoff?"
Es war ein spontaner Schuss ins Blaue, aber er traf tief ins Schwarze. Der sonnenbraune Barkeeper wurde weiß wie die Wand.
„Und jetzt erzählen Sie mir, was Lohse mit Wätjen zu besprechen hatte."

Der Kutter, den Lohse gestern Abend per Schlauchboot ins Visier genommen hatte, hieß „Nadur" und kam aus Malta. Doesburg hatte die Kollegen vom Zoll gebeten, sich den rostigen Pott am nächsten Morgen vorzunehmen, aber sie fanden nichts außer schimmeligen Fischköpfen. Letzter Hafen war laut Logbuch Vigo.
Der mitgebrachte Drogenhund übergab sich fortwährend und wurde anschließend vier Wochen krankgeschrieben.
Die dreiköpfige Besatzung sprach fließend Filipino und lief zehn Minuten später mit unbekanntem Ziel aus. Von Lohse keine Spur.

Wätjen war hingegen leicht zu finden. Der dicke Oldenburger hauste gleich neben seiner Stammkneipe. Doesburg bat seine Helgoländer Kollegen, Wätjen aufs Revier zu bringen.
Natürlich, Herr Oberhauptkommissar. Begründung?
Schmuggel.
Schmuggel? Ja, da müssten wir die halbe Insel ... und uns selber wenn der sich weigert?!
Wätjen weigerte sich zum Glück nicht, sondern nutzte die halbe Stunde bis zu Doesburgs Erscheinen, sich eine Schachtel Zigaretten durch die Lunge zu jagen, womit er sich Doesburg nicht zum Freund machte.
„Ich bin Nichtraucher."
„Ach so."
Wätjen zerkrümelte gehorsam den letzten Glimmstengel.
„Herr Wätjen, ich schlage vor, sie packen aus."
Wenn Doesburg ein Buch über die besten Verhörmethoden schreiben sollte, würde die Schockmethode ganz oben stehen. Jedenfalls bei zitteraaligen Hobbyakrobaten wie Wätjen.
„Wenn Sie jetzt nicht auspacken, bekommen Sie lebenslänglich. Das verspreche ich Ihnen."
Doesburg konnte den ersten großen Deoversager riechen.
„Lebenslänglich? Ich? Wieso denn?"

„Mord. Beihilfe, Anstiftung."
„Was für ein Mord denn?"
Wätjens Stimme zitterte, die Aussprache war feucht und undeutlich.
„Was war in dem Flugzeug?"
„Nichts, wieso …"
Doesburg stand auf und ging zur Tür.
„Halt, warten Sie."
Doesburg blieb im Rahmen stehen.
„Damit habe ich nichts zu tun."
„Womit?"
„Mit Mord. Ehrlich nicht."
„Was haben Sie denn gemacht?"
„Nichts. Nichts Schlimmes."
Doesburg fuhr sich durch die restlichen Haare.
„So kommen wir nicht weiter. Klären Sie das mit dem Staatsanwalt."
Wätjens Stimme überschlug sich fast.
„Halt! Da waren zwei Koffer drin. Die sollten nicht auf der Gepäckliste erscheinen."
„Und das haben Sie gemacht, diese Koffer abgefertigt?"
„Ja, aber mehr war nicht. Wirklich."
„Was war in den Koffern?"
„Keine Ahnung, wirklich nicht. Ehrenwort."
„Ehrenwort wie Barschel?"
„Wer? Ich sagte ja schon, …"
„Ja, ja, großes Ehrenwort. Warum glaube ich Ihnen bloß nicht?"
Wätjen verlor rasant Feuchtigkeit.
„Wo kamen die Koffer her?"
Wätjen antwortete nicht. Doesburg wiederholte die Frage. Wätjens Unterlippe zitterte. Seine Antwort war kaum zu verstehen.
„Von einem Fischdampfer."
„Der Nadur?"
Wätjen blickte erstaunt auf. Das hatte er dem Polizisten offenbar nicht zugetraut.
„Ja. Nicht nur."
Doesburg setzte sich wieder hin.
„Sie holen Koffer von einem Fischdampfer, schleusen die durch den Zoll und behaupten, da sei Fischmehl drin? Oder wie?"

„Nein. Ich habe die Koffer abends im Hafen übernommen und zum Flughafen gebracht. Der Zoll hat nichts davon mitbekommen."

„Wie oft ging das schon?"

Wätjens Widerstand war gebrochen.

„Öfter."

„Immer zwei Koffer?"

„Unterschiedlich."

„Wie groß?"

„Große Koffer. Samsonites."

„Warum Koffer?"

„Damit das wie Fluggepäck aussah."

„Haben Sie die Koffer abgeholt?"

„Ja. Wir holen die Koffer der Passagiere auf der ganzen Insel ab. Ich fahre oft mit Koffern in der Gegend herum. Das fällt nicht auf."

„Und der Zoll am Flughafen? Alkohol- und Zigarettenkontrolle? Die ist hier doch ziemlich scharf."

„Das habe ich gedeichselt. Ich habe die Koffer in meinem Büro abgestellt und dann zwischendurch zum Flugzeug gebracht. Das hat keiner gemerkt. Deswegen standen die Koffer auch nicht auf der Frachtliste."

„Und das Schiff? Wird das nicht vom Zoll kontrolliert?"

„Woher denn. Wer kontrolliert so ein verwinkeltes Schiff? Das geht doch gar nicht."

„Und in Bremerhaven? Was wurde da mit den Koffern gemacht?"

„Weiß ich nicht. Aber kontrolliert wird da sowieso nicht mehr."

„Was haben Sie dafür bekommen?"

Wätjen flüsterte nur noch.

„Zweitausend pro Fuhre."

„Wer hat Ihnen gesagt, wann wieder ein Transport anstand?"

„Herr Lohse. Der hat mich ein paar Tage vorher angerufen."

„Und worüber haben Sie mit Lohse im Atoll gestritten? Über den Verbleib der Ware auf Buschhammers letzten Flug? Lohse hat Ihnen vorgeworfen, das Zeug unterschlagen zu haben, nicht wahr?"

Wätjen machte eine wegwerfende Handbewegung. Du weißt ja eh schon alles, blöder Bulle.

Doesburg ließ Lohse zur Fahndung ausschreiben und zwängte sich am Nachmittag wieder in einen Inselflieger.

Bei der Berechnung der Überlebenschancen war er zu langsam. Er kam auf zwei zu eins auf seinem zweiten Flug und wollte gerade das nächste Schiff nehmen, konnte aber nicht mehr aussteigen, weil die Sardinenbüchse bereits mit Vollgas über die offene See röhrte.

10

Udo Osterloh kam irgendwann im Knast-Lazarett wieder zu Bewusstsein und verdämmerte dort unter starken Beruhigungsmitteln den Rest des Wochenendes.

Er habe Riesenglück gehabt. Nach so einer schweren Selbstverstümmelung habe man in der Vergangenheit nicht mehr jeden retten können. Chapeau vor der Leistung des Lazaretts! Die Leistungsfähigkeit des Gefängnislazaretts war aber auch so dürftig, dass man bereits das korrekte Aufbringen eines Heftpflasters beklatscht hätte. Die Prellungen habe er sich zugezogen, als er sich im Drogenwahn gegen die selbstlose Hilfe leistenden Bediensteten zur Wehr gesetzt habe. Alles andere seien schwere Halluzinationen. Das komme schon mal vor, wenn man kein Heroin gewohnt sei.

Er musste eine Urinprobe nach der anderen abliefern, aber alle waren negativ, wie er an dem zunehmend enttäuschten Gesicht des Sanis ablesen konnte.

Am Montag schließlich packte man ihn auf seine Zelle zurück, wo er erleichtert bemerkte, dass weder Heroin noch Handy gefunden worden waren. Beides hatte er in einer halb verschimmelten Safttüte im Mülleimer verbunkert. Der Tipp mit der Zahnpastatube war ihm suspekt erschienen.

Weder von seinem Mitbewohner noch von Röder eine Spur.

Osterloh berichtete alles seinem Anwalt, der aus allen Wolken fiel, erst nichts glaubte und ihm dann befahl, die Füße still zu halten. Er werde alles regeln. Auf den Gang traute sich Osterloh nach den Erfahrungen der letzten Tage nicht mehr und nachts verbarrikadierte er seine Zelle mit dem Schrank. So würde er notfalls genug Zeit haben, seinen Anwalt zu alarmieren, falls er nachts wieder Besuch bekäme.

Am Dienstagvormittag schließlich machte es wieder „klack-klack" und der dünne Schließer mit Irokesenschnitt und besonders dürftigen Deutschkenntnissen schmückte den Türrahmen.

„Anruf Staatsanwalt. Kannst raus."

Kommissar Frank Wedekind vom Bremerhavener Rauschgiftdezernat war weder ehrgeizig noch fleißig. Die Unschuldsvermutung stand bei ihm vor allem deshalb hoch im Kurs, weil sie ihm Arbeit ersparte.

Im Zweifel für den Angeklagten. Bei Osterloh wuchsen die Zweifel. Dessen Anwalt wies darauf hin, dass praktisch jeder Zugang zu der Cessna hatte. Unter anderem der Mechaniker, Rolf Lohse. Was mit dem überhaupt los sei? Und hätte sein Mandant etwas mit der Sache zu tun, dann hätte der den Stoff sicher irgendwo in der Halle verbunkert und nicht auf dem Präsentierteller in einem schlachtreifen Vogel auf freiem Feld. Er beantrage unverzügliche Haftprüfung und stelle Strafanzeige wegen Verleumdung und falscher Verdächtigung.

„Warten Sie doch erst mal die Ermittlungen ab."

„Nichts da. Ich stelle hier und jetzt Strafanzeige und ich will sofort wissen, wer meinen Mandanten angezeigt hat."

Das war ein Problem, denn das wusste auch Wedekind nicht. Er hatte per Hauspost einen blitzsauberen Briefumschlag erhalten, der nur ein weißes Blatt Papier enthielt und genauestens das Lager in der Cessna beschrieb. Kein Name, keine Unterschrift, kein Fingerabdruck.

Doch der Anwalt ließ nicht locker.

„Außerdem wurde mein Mandant in der Justizvollzugsanstalt schwer misshandelt. Wenn mein Mandant heute nicht freikommt, dann gehe ich nach Karlsruhe und Luxemburg."

„Ach was, so einen Unsinn glauben Sie doch nicht. Das ist doch kein exotischer Folterknast in einer Bananenrepublik, wir sind in einem Rechtsstaat!"

Wedekind rang sich ein gequältes Lächeln ab, das ihm aber beim nächsten Anruf gründlich verging.

„Guten Tag, Schrammel von „SuperTV". Wir berichten in unserer heutigen Sendung von „Wir klagen an!" über die Polizei- und Justizwillkür im Fall Osterloh. Möchten Sie dazu vielleicht Stellung nehmen? Nein? Ist uns auch lieber so."

Im Büro der Stationsbeamten waren alle auf einmal ziemlich freundlich zu Osterloh.

„Na, hat's Ihnen bei uns gefallen?"

„War doch mal eine Erfahrung, oder?"

„Sie sehen wir doch bestimmt nicht wieder, oder?"

„Sie haben sich aber gut intrigiert, das muss ich schon sagen."
Osterloh war nicht sicher, was der Obervollzieher damit meinte. Er sah sich vergeblich nach Röder um.

„Ich bin ja das erste Mal hier und kenne mich nicht so aus. Trinkgeld kriegt ihr keins, oder? Ich meine, außer eurem Gehalt?"

Und, als er die entgeisterten Mienen sah:

„Der Service war aber auch unter aller Sau, das muss ich schon sagen. In meiner Branche wärt ihr alle am Stempeln."

Als Osterloh dann auf der Kammer noch sein Handy vorzeigte, war es um die Contenance des Personals geschehen.

„Wo haben Sie das denn her? Das ist hier verboten."

„Ehrlich? Ich finde, das fällt unter diesen Notwehrparagrafen."

Vor dem Gefängnistor wartete schon sein Rechtsanwalt mitsamt einem Fernsehteam von „Wir klagen an!", das mehrere Versuche und viel Schminke brauchte, bis man Osterloh schließlich als blutig misshandelten Unschuldigen auf Magnetband bannen konnte, der stolpernd dem Folterknast entkommen war.

Das Personal an der Pforte staunte Bauklötze über so viel Aufwand. Normalerweise liefen entlassene Knackis mit eingezogenem Schwanz zum nächsten Kiosk, das mühsam ergatterte Knasttaschengeld in ein Zehnerpack Kräuterliesel investieren. Da bahnte sich etwas an.

Moderator von „Wir klagen an!" war ein alerter, amerikanisch aussehender, seitengescheitelter Schönling namens Uli Müller, der jederzeit als Dressman hätte arbeiten können.

Allerdings nur mit seiner oberen Hälfte. Der klassisch schöne Kopf stolperte auf knappen eins sechzig durch die Gegend. Im Studio konnte man dieses Manko mit Trittleitern ausgleichen. Außeneinstellungen oder Live-Interviews gerieten freilich schnell zur Farce. Gut geklappt hatte es nur mit Gregor Gysi, bis eine Assistentin ins Bild kam. Das war wie Schneewittchen bei den Zwergen. Danach wurde die Frau zwar gefeuert und durch eine noch kleinere ersetzt, aber das Geheimnis war gelüftet.

Entsprechend giftig reagierte Uli Müller auf die Begrüßung durch Osterlohs Anwalt, der in seiner Jugend mal Basketballspieler war.

„Ich hab Sie mir aber größer vorgestellt."

„Es kommt auf die Größe von Gehirn und Schwanz an, der Rest spielt keine Rolle."

„Wie Sie meinen."

Der gedrungene Osterloh war schon eher nach seinem Geschmack. Außerdem wusste Osterloh herrlich drastisch und lebensnah von seinem Aufenthalt im Skandalknast zu berichten. Fotos zum Totlachen, meine Güte, das waren ja Zustände wie im Mittelalter, dann die Fressen, die da innerhalb dieser Mauern beidseitig frei herumliefen, nein, so etwas gab es doch gar nicht. Ohne die vorgelegten Beweise hätte Uli Müller das alles nicht geglaubt.

Erster Höhepunkt vor der Werbepause war eine mit Schneckenschleim und sauren Bröckchen gefüllte Frühlingsrolle, die der grausam feixende Osterloh im Studio servieren ließ.

„Die habe ich unter Einsatz meiner Gesundheit aus dem Schweinestall rausgeschmuggelt."

Probieren wollte keiner, weshalb Uli Müller ran sollte.

„Ganz wichtig ist, dass Sie nicht durch die Nase atmen. Und unbedingt zwischen den Bissen eine kurze Pause machen, falls es wieder hochkommt. Ist bei Ihnen ja nicht so weit."

„Wir klagen an!" wurde nachmittags aufgezeichnet, deshalb konnte sich Osterloh abends zu Hause selber in der Glotze bewundern.

Nach dem würgenden Moderator kam der ernste Teil.

Sein Anwalt regte sich fürchterlich auf, dass Osterloh erst zu Unrecht verhaftet wurde, dann in der Untersuchungshaft unter offenkundiger Mitarbeit von Bediensteten zusammengeschlagen und misshandelt wurde und schließlich zum Drogenkonsum verleitet werden sollte.

Das war Osterlohs Stichwort. Osterloh berichtete von Charlie und seinen Dealerkollegen, von deren Angeboten und Umsätzen. Dann präsentierte er als Beweis den erworbenen Krümel Heroin.

„In dieser Justizvollzugsanstalt wird mit Wissen der Anstaltsleitung gedealt, was das Zeug hält. Ich war noch keine 24 Stunden dort, als man mir auch schon Heroin angedreht hat. Dieses Stück habe ich zu Beweiszwecken gekauft. Ich werde es zusammen mit einer Strafanzeige nicht nur gegen den Dealer, sondern auch gegen die Anstalt der Polizei übergeben."

Osterloh hatte sich mit seinem Willen durchgesetzt, auch ein Foto von Charlie zu zeigen. Er sah sich selbst atemlos im Fernseher zu.

„Und das ist einer der Dealer!"

Sein Anwalt hielt das für zu gefährlich, aber das war ihm egal. Er befand sich auf einem Kreuzzug. Den musste er jetzt allerdings unterbrechen, denn es klingelte penetrant an der Wohnungstür. Mitten in den komische Worte herauspressenden Anstaltsleiter hinein, der um eine Stellungnahme, oder was er dafür hielt, nicht herumkam. Schade, den Stuss hätte er gerne zu Ende gehört.

Er öffnete die Tür.

„Was ..."

Der Boden öffnete sich urplötzlich unter ihm und sog ihn ins Weltall hinaus. Den zweiten Knall hörte er nur noch ganz leise, aus weiter Ferne, die rote Farbe an seinen Händen fühlte sich wie Honig an. Die Erde zog sich immer schneller von ihm zurück und er prallte mit einem dumpfen Schlag gegen die Sonne.

Doesburg hatte sich zu Hause ausgiebig von seinem Rückflug auskuriert, als ihn die Nachricht von der Schießerei in der heruntergekommenen Genossenschaftssiedlung im Norden der Stadt erreichte.

Er dachte zunächst an die übliche Auseinandersetzung zwischen südländischen Ehrenmännern und fiel aus allen Wolken, als er das Türschild las.

„Ist das etwa unser Osterloh?!"

Osterloh war im Türrahmen niedergeschossen worden, drei Kugeln hatten ihn getroffen, niemand hatte etwas gesehen, auch die neugierige Nachbarin nicht.

„Und gehört haben Sie auch nichts?"

„Schon. Es hat dreimal geknallt, aber ich dachte, der Kriechbaum bringt die Mülltonnen runter. Das klingt genauso."

Kriechbaum war der Hausmeister und stockbesoffen. Um diese Zeit durfte er das.

Von Osterloh war nur ein dunkler Fleck hinter der Schwelle zurückgeblieben. Doesburg machte unwillkürlich einen großen Schritt in die Wohnung.

Die Wohnung wirkte unangetastet, es war auch kaum vorstellbar, dass ein Killer in einem hellhörigen Mehrfamilienhaus zur besten Tagesschauzeit erst kaltblütig drei Schüsse im Flur abfeuerte und sich danach noch seelenruhig in der Wohnung des Opfers umsah. Der Fernseher produzierte Hintergrundgeräusche, es lief „Die dümmsten Polizisten der Welt". Die weiß vermummten Spurensicherer fühlten sich offenbar nicht angesprochen.

Osterloh schien alleine zu leben. Die Einrichtung passte zur Siedlung. Eichesurrogat, brauner Veloursteppich, mit verschnörkelten Türen und goldenen Griffen getarnte Klapperküche. Großbildfernseher, fünf Bücher im Regal, legale Steuertricks, zwei Konsaliks, ein Reiseführer Neuseeland, einmal „Wie repariere ich mein Kleinflugzeug richtig?". Wie bei Drogenbarons sah es hier weiß Gott nicht aus, eher wie bei Busfahrers.

„War Wedekind mit seinen Hunden schon hier?"

Der Spurensicherer wusste Bescheid.

„Ja. Gleich nach der Verhaftung von Osterloh. Negativ."

Der Nachbar zur Rechten roch säuerlich nach Langzeitarbeitslosem und war freundlich wie jemand, der schon lange kein richtiges Gespräch mehr geführt hatte.

„Herr Kommissar, da lief doch gerade diese Wahnsinnssendung im Fernsehen, die, in der Herr Osterloh aufgetreten ist. Da hab ich auf gar nichts mehr geachtet."

„Ist Herr Osterloh verheiratet?"

„Verwitwet. Seine Frau ist vor zehn Jahren gestorben. Krebs, glaube ich."

„Hat er sonst Angehörige?"

„Seinen Sohn, aber das ist ein trauriges Thema."

„Wieso?"

„Der Mike ist rauschgiftsüchtig. So richtig schlimm. Der ist völlig fertig, war auch schon im Knast und beklaut seinen Vater ständig."

„Wo wohnt der Junge?"

„Wo diese Leute halt leben. Ich glaube, in so einem Suchtzentrum in der Hafenstraße. Aber den finden Sie leicht."

„Wieso?"

„Der hat an der linken Hand nur drei Finger."

„Können Sie sich vorstellen, dass Herr Osterloh selber etwas mit Drogen zu tun gehabt haben könnte?"

„Unter gar keinen Umständen. Osterloh würde am liebsten jeden Dealer abknallen. Das hat er oft genug gesagt."

Die Nachtschwester erkannte Eilers sofort wieder.

„Ach nee, dass Sie sich noch mal hierher trauen, ganz schön mutig."

Eilers zuckte zusammen. Sein letzter Krankenhausaufenthalt hatte offenbar Spuren hinterlassen. Er war mit dem Essen nicht zufrieden gewesen und hatte laut gemotzt. Bei dem Thema verstand er keinen Spaß.

„Also, ich dachte, hier beschwert sich sowieso jeder über das Essen."

„Von wegen."

Eilers zog zur Ablenkung seinen Ausweis und durfte auf die Intensivstation.

Osterloh sah aus wie eine Mumie auf dem Motorenprüfstand. Die Schwester war skeptisch.

„Der sagt frühestens in einer Woche etwas. Wenn überhaupt. Sieht gar nicht gut aus. Zweimal Lunge, einmal Bauch. Gehen Sie ruhig wieder nach Hause, bevor Sie noch Hunger kriegen."

Antike Müllkippen sind Fundgruben für Archäologen. Archäologen der Zukunft würden das „Bremerhavener Zentrum für Suchthilfe" in der Hafenstraße lieben.

Der heruntergekommene Altbau wurde von der bunten Farbe auf der Fassade zusammengehalten. Die Haustür hatte kein Schloss mehr, sondern klappte haltlos wie ein Junkie vor der Spritze hin und her. Drinnen stank es abwechselnd nach Schweiß, Apotheke, Scheißhaus und süßem Rauch. Es war still wie in einer Grabkammer.

„Was willst du?"

Der Kerl, der sich hinter ihm aus dem Nichts aufgebaut hatte, wog vielleicht vierzig Kilo und war ungefähr anderthalb Meter hoch. Nur Kopf und Birkenstocksandalen hatten Normalmaß, Haare und Bart waren eindeutig zu lang. Die früher vielleicht mal weiße Latzhose musste aus der Kinderabteilung stammen.

Doesburg lüftete seine Identität und erntete spontane Ablehnung.

„Keine Chance. Bullen haben hier nichts verloren."

Der Zwerg zeigte auf die Schwingtür.

„Langsam. Ich muss eine Nachricht überbringen, das ist alles."

„Wem?"

„Einem Mike Osterloh."

„Kenne ich nicht."

„Mike hat links nur drei Finger."

Etwas blitzte in den Zwergenaugen auf.

„Worum geht es?"

„Spielt keine Rolle, wenn Sie ihn doch nicht kennen."

„Warte."

Der Zwerg verschwand im Gang und ließ Doesburg mit den Sprüchen an den Wänden alleine.

Legalize allen Scheiß, LSD tut keinem weh, besser rauchen und spritzen als saufen und wichsen, Therapie hilft dir nie – da waren der richtigen Welt doch ein paar Dichter verloren gegangen.

Aus einem Nebenzimmer quoll mit einem Schwall schlechter Luft ein Pärchen. Sie: mager, klein, fettige Haare, knallenge Gummihosen, stechende Augen, er: mager, groß, fettige Haare, tote Augen, beide dreckig, zerstochen und kaputt. Sie nahmen Doesburg mit dem besten Junkieblick Maß, erkannten sofort, dass für sie nichts zu holen war und stolperten durch die Tür in ihr Jagdrevier. Klauen-dealen-huren-drücken.

Zwerg Latzhose kam geräuschlos zurückgetapst.

„Komm mit."

Am Ende des düsteren Flurs lehnte sich der Zwerg mit aller Macht gegen eine Tür und stemmte sie auf.

„Da. Das ist er wohl. Jedenfalls hat der nur drei Finger."

Mike Osterloh lag in einer Lache aus Urin und Milch auf einer Matratze, die genug Feuchtigkeit für die gesamte Sahelzone gespeichert hatte. Er sabberte mit offenem Mund, seine Augäpfel rollten wie Billardkugeln. Auf dem Nachtisch das noch warme Heroinbesteck, Spritze, Löffel, Feuerzeug. In den Ecken gärten drei oder vier andere Junkies im eigenen Saft.

Doesburg bekam eine Gänsehaut.

„Soll ich einen Arzt rufen?"

„Warum? Der hat sowieso das Gesamtpaket."

„Gesamtpaket?"

„Aids, Hepatitis, Gelbsucht."

Der Zwerg sprach leise, um niemand zu wecken, aber dazu hätte man die Trompeten von Jericho gebraucht.

„Wann wacht er auf?"

„Kann man nie wissen."

Beim Hinausgehen überfiel Doesburg ein Geistesblitz.

„Geben Sie ihm doch bitte meine Karte und sagen Sie Ihm, dass er eine Erbschaft macht. Er soll mich anrufen."

Doesburg hatte sich vor Jahren von Hannover nach Bremerhaven versetzen lassen, um näher an der See zu sein. Seine Frau hatte ihn kurz danach ebenfalls versetzt und war wieder zurückgegangen. Doesburg war geblieben und hatte, schwer genug, Frieden mit Bremerhaven geschlossen. Er fand seine Nischen auf See und im Hafen. Das restliche Elend mied er, so gut es ging. Er war kein Alkoholiker und wollte auch keiner werden.

Heute Abend war das anders.

Die nächste Kneipe war seine. Nichts weiter als störungsfrei trinken. Keine Bekannten, keine Gespräche, keine versifften Grabanwärter, keine Probleme außer die eigenen. Und die würde er schon klein kriegen, Schluck für Schluck.

Er kannte den Schuppen nicht, irgendein bombastischer amerikanischer Name für einen aufgemotzten Szeneschuppen, keine dreißig Schritte vom Bremerhavener Zentrum für Suchthilfe.

Suchthilfe! Suchtunterstützung wäre passender. Was war das nur für eine Gesellschaft, die Schwerkranke im Dreck und Elend der Illegalität versacken ließ? Die sie zum Klauen und zur Prostitution zwang und zwischendurch in den Knast packte? Wahrscheinlich war die Hälfte der hohen Senatoren, die dafür sorgte, selber abhängig, nur zufällig von einer legalen Droge. Wahrscheinlich würde sich erst etwas ändern, wenn die Zahl der Heroinabhängigen ebenso hoch wie die der Säufer wäre. Aber da war man ja auf dem besten Weg, falls Aids nicht noch die Bilanz verhageln würde.

Ein bekanntes Gesicht blitzte Doesburg für einen kurzen Augenblick vom Tresen an, aber er fand auf Anhieb nicht die Schublade. Er wollte ohnehin nichts weiter als allein und unerkannt sein Elend runterspülen.

Dann, als sich die Schublade öffnete, sprang er auf, stieß den Hocker um, auf dem er eben noch wie ein Affe auf dem Schleifstein gethront hatte, und rannte zum Tresen. Das Gesicht war weg. Er drängelte zum Ausgang, bis sich ihm ein großer, schwarzer Berg in den Weg stellte.

„Na, Alterchen, willst wohl nicht zahlen, was? Dagegen haben wir etwas."

11

Die Tür zur ewigen Sonne in Eidewarden blieb am nächsten Morgen fest verschlossen, so sehr Doesburg auch klingelte. Wahrscheinlich war sie beleidigt, weil die Wolken sie heute arbeitslos machten.

Doesburg fand Frau Meyerdierks schließlich bei ihren ganz besonders glücklichen Kühen im Stall. Die Viecher rollten mit den Augen wie gestern Mike Osterloh.

„Stellen Sie sich vor, das Gesundheitsamt hat bis auf weiteres den Verkauf der Milch verboten. Was soll ich denn jetzt damit machen?"

„In Spritzen aufziehen und am Bahnhof verkaufen."

„Ehrlich? Was bringt das denn?"

„Beim ersten Mal drei Jahre."

„Ich bin gegen so was nicht versichert. Sie haben doch bei Dennis Geld gefunden, kann man das nicht …"

„Ich glaube nicht. Das müssen Sie mit der Staatsanwaltschaft klären. Sie meinen also, dass Dennis die Pillen im Heu versteckt hat?"

„Wer denn sonst?"

„Ihr Sohn vielleicht?"

Doesburg hatte vergessen, dass er sich auf dem Land befand. Hier wusste man sich zu verteidigen. Frau Meyerdierks schnappte sich eine Forke und wuchtete ihre bulligen eins achtzig mit steil aufgerichteten Zinken auf ihn zu.

„Sie haben sie ja nicht alle. Mein Junge ist gerade sechzehn."

„Damit hat er das statistische Einstiegsalter schon um fünf Jahre verpasst."

Die Zinken hielten vor soviel Fachwissen inne.

„Was wollen Sie von Eckart?"

„Zum Beispiel wissen, wo er gestern Nacht war."

„Hier natürlich."

„Nein, er war in der Stadt. Ich habe ihn in einem Drogenschuppen gesehen."

Die Zinken folgten der Schwerkraft.

„Was?"
„Wo ist eigentlich der Vater von Eckart?"
Der Zinken flog ihm wieder entgegen.
„Abgehauen."

Eckart lag noch mit verklebten und verkrümelten Augen im Bett. Doesburg riss die Decke weg und hielt seine Arme ins Licht.
„Was ist ..."
„Wenigstens spritzt du dir den Dreck noch nicht."
„Was wollen ..."
„Anziehen, mitkommen. Sofort."
„Aber ..."
Doesburg zog die Handschellen aus dem Hosenbund.

Vor dem Bremerhavener Zentrum für Suchthilfe glänzten die Spritzen in der Sonne. Ganz harte Jungs waren im Rinnstein dabei, die weggeworfenen Pumpen nach brauchbaren Resten zu durchstöbern und sahen nicht mal hoch, als Doesburg mit dem angeleinten Eckart im Schlepptau vorbeistürmte.

Der Zwerg aus der Nachtschicht war durch eine äußerst breit gebaute rothaarige Sozialarbeiterin abgelöst worden, die Doesburg aber nicht aufhalten konnte. Die Tür zur Fixerstube flog auf.
„Hier. Sieh dir das genau an."
Mike Osterloh war verschwunden, aber das verbliebene Elend reichte. Acht schwarze Augenhöhlen starrten aus dem Gestank zurück, als hätten Sie schon lange nicht mehr so viele normale Menschen auf einem Haufen gesehen, dann hatte die Apathie sie wieder.

Doesburg zwang Eckart, hinzusehen.
„So geht das, wenn du erst mal Junkie bist. Apathisch, abgemagert, krank, Furunkel, Ausschlag, bis obenhin vollgepisst, seit sechs Monaten die gleiche Unterhose, nur eins im Kopf. Den nächsten Druck. Dann Hepatitis, aber das ist dir egal. Du willst nur den nächsten Druck. Du klaust von deiner Oma das Kleingeld, du bescheißt deine besten Freunde, du kannst gar nicht anders. Du willst nur den nächsten Druck. Deine Familie will nichts mehr mit dir zu tun haben, wenn sie schlau ist. Dann Aids. Vielleicht gehst du auf einem Bahnhofsklo anschaffen, vielleicht überfällst du Tankstellen, dann geht's endlich in den Knast. Endlich wieder so etwas wie ein Zuhause. Das erste Mal, das zweite Mal,

das fünfte Mal, aus der Mühle kommt kein Junkie mehr raus. Dazwischen ein paar abgebrochene Therapien, bei denen du auf neue Sachen gekommen bist und irgendwann bist du tot. Das ist dann für alle eine Erleichterung. Vor allem für dich."

Eckart war käsebleich und hielt sich die Nase zu.

„Aber ich mach doch gar nichts. Das bisschen Gras …"

„Gras. Das macht ja auch gar nicht abhängig. Wie viel rauchst du denn so?"

„Nichts."

„Wollen wir uns noch ein paar Fixer ansehen? Wir finden bestimmt jemanden mit einem offenen Geschwür!"

„Höchstens abends mal eine Tüte. Zum Einschlafen!"

Eckart schrie fast.

„Seit wann?"

„Noch nicht lange."

„Was meinst du, wie viele von den Eiterbeulen hier so wie du angefangen haben?"

Eckart wand sich.

„Woher soll …"

„Alle. Gras macht süchtig, das ist nachgewiesen."

„Alkohol auch."

„Ja, und? Was hat das eine mit dem anderen zu tun?"

Die stramme Sozialarbeiterin war hinter ihnen hergerudert und hatte aufgeschlossen. Jetzt brach atemlos ihre geballte Pädagogenweisheit aus ihr hervor.

„Seien Sie nicht so autoritär zu dem Jungen. Repression bringt gar nichts."

Doesburg war in Fahrt.

„Nur das bringt's. Ich würde aus eurem Dreckladen ein Abschreckungsmuseum machen. Die gläserne Drückerbude. Monatlicher Eintritt Pflicht."

„Sie spinnen ja. Wir kümmern uns wenigstens noch um die Leute."

„Das sieht man auf den ersten Blick."

„Verschwinden Sie!"

Eckart kotzte sich im Rinnstein aus und redete auf der Rückfahrt wie ein Wasserfall.

Dennis Hünefeld war ein Drogendealer, einer aus der mittleren Kaste, ein Gemischtwarenhändler. Tante Emma aus Eidewarden.

Er bezog das Zeug von seinem besten Freund Rolf. Das Zimmer in Eidewarden war nur als Deckadresse angemietet. Eckart bekam das schnell spitz, Eckart war ja nicht doof. Auch, dass Dennis sein Lager zum Teil ins vermeintlich sichere Winterheu verlegt hatte.

Gelegentlich zweigte Dennis sich etwas Gras ab, das fiel nicht weiter auf, und nach Dennis Tod hatte Eckart sich dessen Kundenliste unter den Nagel gerissen. Eigentlich wollte er auch das ganze Zeug im Heu zu Geld machen, aber das hatte sich durch die Glückliche-Kühe-Aktion erledigt. Gestern Abend hatte er mit seinem Mofa erste schüchterne Versuche gestartet, mit dem Rest in die großen Fußstapfen von Dennis Hünefeld zu treten.

„Wenn ich dich da noch einmal sehe, dann kriegst du es mit mir zu tun."

Die Kundenliste und die kümmerlichen Restbestände händigte Eckart ihm widerstrebend aus.

Im Büro machte er sich über Dennis Hünefelds Kundenliste her. Unbekannte Namen, zum Teil nur Kürzel, alle ohne Adressen.

Bei einem Namen stutzte er. Blix. Angelika Blix.

Er ließ die Liste sinken und versuchte, sich zu erinnern. Ein Selbstmord. Vor neun Monaten. Der Freund von Angelika Blix hatte sich erhängt. Im Drogenrausch. Klarer Fall, nichts Aufregendes. Passierte alle Tage. Abschneiden, wegschaffen, den Medizinstudenten zum Üben vorwerfen, ab in die Kiste.

Wo war eigentlich Eilers? Der müsste sich an den Fall erinnern, der hatte sich damals federführend darum gekümmert.

„Wo ist Eilers?"

„Arbeiten."

Frau Elvers befolgte eisern die Broschüre des Personalrats zur Konfliktvermeidung am Arbeitsplatz.

Er rechnete nicht damit, dass Angelika Blix noch da wohnte, wo sich ihr Freund mit einem alten Abschleppseil das Leben genommen hatte. Neun Monate waren im Leben einer schwer Heroinabhängigen eine Ewigkeit und fast immer gleichbedeutend mit wiederholter Obdachlosigkeit.

Die Altbaufassade am Hauptkanal war pechschwarz, das Treppenhaus roch nach Petroleum und Ruß. Hochparterre rechts, daran konnte er sich noch erinnern, denn als sie den Freund von Angelika Blix losschnitten, hatte er durch das Klofenster einen schönen Blick auf den hochglanzpolierten Leichenwagen gehabt.

„Sie wünschen?"

Richtig, er war falsch. Angelika Blix war eine versiffte, abgemagerte, zerstochene Junkiebraut. Vor ihm stand eine normale Frau, ernst, sogar ganz hübsch, wenn man blasse Typen mit kurzen schwarzen Haaren und ebensolchen Augenrändern mochte.

„Entschuldigung, ich suche eine Angelika Blix, die hat vor einiger Zeit mal hier gewohnt. Wissen Sie zufällig..."

„Kommen Sie rein."

Er war verwirrt und folgte der Frau. Er konnte sich nicht mehr an die Wohnungseinrichtung erinnern, aber das hier war keine Crackhöhle. Der schwedische Elch hatte tiefe Einrichtungsspuren hinterlassen.

„Sie sind von der Polizei. Ich erinnere mich an Sie."

„Das stimmt."

„Was wollen sie von mir?"

„Sind Sie Angelika Blix?"

Doesburg konnte es immer noch nicht fassen.

„Wollen Sie meinen Ausweis sehen?"

Er wehrte ab.

„Sie haben sich sehr verändert."

„Ich bin runter von dem Zeug."

„Wie haben Sie das denn geschafft?"

„Schocktherapie. Sie waren doch dabei."

„Schon. Aber die meisten machen nach so etwas erst recht weiter, um zu vergessen."

„Ich hatte Hilfe. Aber was wollen Sie von mir?"

„Ich habe Ihren Namen auf der Kundenliste eines Dealers gefunden, der vor ein paar Tagen umgebracht wurde."

„Wer denn? Ich bin seit einem halben Jahr clean."

„Der Name ist Dennis Hünefeld."

„Ach, der. Ja, der hat uns damals beliefert. Aber ich verstehe immer noch nicht..."

„Hünefeld ist Mitte letzter Woche umgebracht worden. Uns interessiert, wie und wo Hünefeld gelebt hat. Was für einen Umgang er hatte. Wer sein Geschäft jetzt weiter betreibt. Wer ihn beliefert hat und so weiter. Wir wissen kaum etwas über Hünefeld."

Sie sah ihn verwundert an.

„Ich auch nicht."
„Hatte er eine Freundin?"
„So gut kannte ich ihn nicht. Er kam immer mit einem aufgemotzten Sportwagen zum Columbusbahnhof. Das war unser Treffpunkt."
„Da haben wir ihn auch gefunden."
„Da war er ständig. Das war sein Ding."
„Wie meinen Sie das?"
Ihr Blick wurde weich.
„Dennis hat da oben regelmäßig nachts Speed-Partys ausgerichtet. Das war schon irre. Dafür hatte Dennis ein Händchen. Diese gespenstische Atmosphäre nachts über dem schwarzen Wasser, die beleuchteten Schiffe, der prasselnde Regen, wir haben immer gesagt, wir sind in einem landenden Raumschiff auf Forschungsreise in das menschliche Elend. Das war wirklich klasse."
„Hat Herr Hünefeld selber Drogen genommen?"
Sie nickte.
„Speed und Koks."
„Auch Heroin?"
„Nein, der Typ war er nicht. Er hat nicht gefixt."
„Wie ist Dennis Hünefeld eigentlich in den Columbusbahnhof gekommen? Da wird nachts doch abgeschlossen."
„Dennis hatte einen Schlüssel. Er hat irgendwie mit dem Hausmeister gekungelt."

Der Hausmeister mit Hitlerfrisur und grauen Kunstlederschuhen war im Dienst, jedenfalls körperlich. Als Doesburg mit Vollgas seine Muffelbude im Columbuscenter stürmte, setzte er gerade eine Kornflasche an den Hals, erstaunlicherweise ohne zu zittern. Bei Doesburgs Anblick übermannte ihn das Tremolo umso stärker.
„Was soll das denn jetzt noch, ich hab Pause ..."
„Jetzt? Um zwei?"
„Ja, also ..."
„Deswegen bin ich nicht hier. Von mir aus können Sie sich morgens ab sieben zusaufen. Ich hab nur was dagegen, wenn sie jemanden abmurksen, selbst wenn es ein Dealer ist."
„Was? Das habe ich nicht, ganz bestimmt ..."
„Da habe ich aber ganz andere Informationen. Sie haben mich angelogen. Sie kannten Dennis Hünefeld gut. Er hatte den Schlüs-

sel zum Gebäude und zur Terrasse von Ihnen. Außer Herrn Hünefeld und Ihnen hatte außerhalb der Besuchszeiten niemand Zutritt zu der Terrasse."

„Woher, ich meine, woher wissen Sie ..."

„Also, warum haben Sie Dennis Hünefeld umgebracht?"

„Das war ich nicht!"

Doesburg stand auf.

„Mir reichts. Ich nehme Sie jetzt fest."

„Nein!"

Der Hausmeister piepste mit schriller Stimme.

„Es stimmt ja, dass ich dem Dennis manchmal ein bisschen geholfen habe."

„Wie? Mit dem Schlüssel?"

„Ja."

„Wie noch?"

„So halt."

„Wie, so?"

Der Hausmeister druckste und schielte nach der Schnapsflasche.

„Nichts da. Sie haben genug getrunken. Im Knast ist sowieso Alkoholverbot."

„Knast?!"

Die Hitlerfrisur verrutschte rasant zu einem fettigen Beatles-Verschnitt.

„Ich will nicht in den Knast!"

„Wer will das schon. Warum haben Sie Hünefeld ausgerechnet mit Heroin vollgepumpt?"

„Das war ich nicht!"

„Sonst war hier niemand. Aber, was mich noch interessieren würde, warum haben Sie das gemacht? Wohlgemerkt, Sie müssen nichts sagen, Sie können sich auch einen Anwalt nehmen und abwarten. Je nachdem ist das sogar die bessere Variante."

Der Hausmeister verlor die Fassung.

„Aber ich war das nicht. Was bilden Sie sich ein? Ich hab den Dennis gemocht, der hat mir immer was zum Trinken mitgebracht, das war mein Freund."

„Also eine Beziehungstat."

„Waas? Das ist ja wie früher bei der Stasi!"

„Dann kennen Sie das Verfahren ja. Kommen Sie mit."

„Nein! Ich war das nicht. Ich hab Dennis nur den Schlüssel gegeben."

Doesburg stand auf.

„Kommen Sie mit. Sie sind festgenommen."

„Ich weiß, wer das war!"

Der Hausmeister schrie vor Verzweiflung bis nach Helgoland.

„Ich auch."

„Nein! Ich hab die beiden gesehen."

Doesburg setzte sich wieder.

„Die beiden?"

„Ja. Einen Mann und eine Frau."

„Was haben Sie genau gesehen?"

„Am Mittwoch, also an dem Tag, als Dennis ermordet wurde, da bin ich hier eingepennt."

Der Hausmeister schielte entschuldigend zu seiner besten Freundin, die halbvoll auf ihn wartete.

„Und?"

„Deshalb bin ich erst später losgekommen. So gegen acht. Und da habe ich im Treppenhaus zwei Leute gesehen. Einen Mann mit weißen Haaren und eine blonde Frau."

„Genauer."

Die Stimme kippte endgültig in den Orkus.

„Ich hab die nur von hinten gesehen, ehrlich. Der Mann war schon älter, so sechzig, groß, und die Frau war ziemlich jung. Jung und blond. Wie Vater und Tochter. Ja, genau, wie Vater und Tochter, habe ich gedacht."

„Haben Sie sich nicht gewundert, was die um die Uhrzeit noch im Columbusbahnhof wollten?"

„Ich dachte, die wären bei Dennis gewesen. Dennis hat da oben manchmal Feten organisiert. Mit seinen Freunden. Das war alles ganz harmlos!"

Doesburg hatte den Hausmeister in seinem Kabuff weitersaufen lassen. Was sollte so einer im Knast lernen? Kiffen? Fixen? Schnüffeln? Schnaps brennen?

Frau Elvers fing ihn auf dem Weg in sein Büro ab.

„Sie ham ekligen Besuch."

„Wen denn? Ihre Zwillingsschwester?"

Er wunderte sich selber über seinen Mut und verschwand schleunigst, bevor ihn ein Aschenbecher am Hinterkopf streifte.

Aber Frau Elvers hatte Recht. Mike Osterloh hatte sich weder gewaschen noch umgezogen und roch wie frisch aus dem Klo gezogen. Er blinzelte nervös und begann übergangslos mit einer offenbar lang geübten Ansprache.

„Der Bruno hat mir gestern Ihre Karte gegeben, wegen einer Erbschaft ..."

„Richtig."

Doesburg räusperte sich.

„Ich habe schlechte Nachrichten für Sie. Ihr Vater ist Dienstagabend in seiner Wohnung angeschossen worden. Er ist lebensgefährlich verletzt."

Mike Osterloh schien nicht zu wissen, wie man üblicherweise auf so eine Mitteilung reagiert. Er schwitzte, aber das hatte wohl mit der Nachricht nichts zu tun.

„Wer war das denn?"

„Das wissen wir noch nicht. Haben Sie eine Vermutung?"

„Nein. Mein Vater war ganz normal. Dem passiert so etwas nicht."

„Scheinbar doch. Wissen sie, dass Ihr Vater vor einer Woche verhaftet wurde? Er stand im Verdacht, mit verbotenen Substanzen zu handeln."

Mike brachte einen Gesichtsausdruck zustande, der zugleich Überraschung, Unglaube und Verachtung ausdrückte.

„Was für ein Schwachsinn. Udo? Niemals."

„Wo kriegen Sie denn ihren Stoff her?"

„Jedenfalls nicht von meinem Alten. Was ist denn nun mit der Erbschaft? Ich hab nämlich keine Zeit. Wenn der noch gar nich tot ist ..."

Zum Glück platzte Eilers mitten in die Veranstaltung und erlöste Doesburg von der Gewissensfrage, ob er Mike Osterloh eine reinhauen sollte oder nicht. Der Junkiearsch wollte nicht mal wissen, in welchem Krankenhaus sein Erblasser lag.

Doesburg ließ ihn widerwillig ziehen und hörte Eilers zu.

„Was machen wir denn jetzt im Fall Osterloh? Ich vermute ja, dass das ein Racheakt der Drogenmafia aus dem Knast war. Der Osterloh hat im Fernsehen ziemlich vom Leder gezogen. Und drei Schüsse aus nächster Nähe im Türrahmen. Das riecht nach einem Profi."

Doesburg war skeptisch.

„So schnell? Die Sendung lief doch gerade erst."

„Vielleicht haben die schon im Knast was spitz bekommen."
„Glaube ich nicht. Wir müssen herausfinden, wer Osterloh bei Wedekind angeschwärzt hat. Offenbar hat jemand eine Rechnung mit Osterloh offen, der sich nicht damit abgefunden hat, dass Osterloh so schnell aus dem Knast frei kam."
Die Tür flog ohne Ankündigung auf und unterbrach ihre Überlegungen. Wedekind, natürlich, der Drogen-Großwildjäger mit Vollausstattung, stolz wie Oskar.
„Schaut mal, was ich hier habe. Den sucht ihr Amateure doch, oder? Tja, und ich habe ihn."

Tim Schenk und Karl Schröder hießen im Jargon ihrer Dienststelle Tim und Struppi. Es war nicht mehr aufzuklären, ob Schröder vor oder nach Zuteilung dieses Spitznamens seine wenigen Haare zu einer scheußlich struppigen Mähne wachsen ließ.

Tim und Struppi waren ein Team, wie man es aus dem Fernsehen kennt. Loyale Verbrecherjäger, die mit stets quietschenden Reifen die Asphaltarbeit für die großkopferten Kommissare machten.

Leider sah die Realität des Bremerhavener Drogendezernats anders aus. Ein Team waren sie nur manchmal, der Personalmangel war allgegenwärtig. Und wo ihr Chef einen scheintoten Vectra bewegen musste, war in den Besoldungsetagen darunter nur noch Spielraum für eine Müllkutsche. In solch einer Müllkutsche saßen Tim und Struppi heute Vormittag. Der ehemals weiße Lada war im Zuge der Restrukturierungshilfe West von solidarischen Kollegen aus Bautzen gespendet worden.

Tim und Struppi hatten heute den Auftrag, sich an die Fersen eines mittelständischen kurdischen Dealers zu heften, ihm überall hin zu folgen und pingelig zu dokumentieren, was er so trieb.

Der Typ hatte lange geschlafen, war dann mit seiner Harley zum Gesundheitsamt gebrackert, um die tägliche Ration Methadon in Empfang zu nehmen, und später hatte er irgendwelche unaufschiebbaren Geschäfte mit dem Sozialamt zu regeln gehabt.

Jetzt war er zu einem lockeren Geschäftsessen beim Italiener verabredet. Sein Kollege war in der rosametallicfarbenen Corvette vorgefahren, die Reifen breiter als eine Dampfwalze.

Tim und Struppi trauten sich trotz ihres säuerlich riechenden Autos nicht in das teure Restaurant. Vor lauter Langeweile überprüften sie das topmodische Kurzkennzeichen der Corvette und fielen aus allen Wolken.

„Du, der wird ja gesucht!"

„Boah!"

Wedekind hatte sie mit seinem tollen Fang alleine gelassen und ging sich feiern.

„Lasst mir auch noch was von dem Kerl übrig, ha, ha. Für später."

Rolf Lohse machte auf jovial. Das stand ihm ganz gut, niedlich rumschleimen passte zu seinem spitzen Rattengesicht.

Doesburg sah zu ihm runter.

„Pech gehabt, mit einem Golf wäre das nicht passiert."

Lohse lächelte von unten nach oben.

„Warum suchen Sie mich überhaupt? Ich kann mir das gar nicht erklären."

„Dann erkläre ich Ihnen das. Wir sind uns übrigens schon einmal begegnet."

Lohse sah Doesburg wie einen wichtigen Geschäftspartner an, an den er sich unbedingt erinnern müsste.

„Also, es tut mir leid, im Moment weiß ich wirklich nicht, in welche Schublade…"

„Im Atoll auf Helgoland. Am Montagabend. Sie und Wätjen und der schicke Barkeeper."

„Ich weiß nicht, also…"

„Sie hatten einen Gin Tonic mit noch irgendwas drin, haben die zwei Becks von Wätjen übernommen und sind dann mit einem Schlauchboot auf diesen maltesischen Kutter im Schutzhafen."

Lohse lächelte ihn spitz an.

„Sieht so aus, als bräuchte ich einen Anwalt, oder?"

„So sieht's aus."

Lohse nahm einen tiefen Zug Polizeiluft.

„Dann sage ich nichts mehr, es tut mir leid. Das müssen Sie verstehen…"

„Natürlich."

Doesburg wartete eine halbe Minute.

„Ich bin nicht vom Drogendezernat. Mir geht es nur um den Mord an Dennis Hünefeld und den Mordversuch an Ihrem Chef."

„An meinem Chef? Was hat der denn damit zu tun?"

Lohse war einen Moment fassungslos.

„Der Udo? Warum?"

„Das wüsste ich auch gerne. Genauso gerne wüsste ich, warum jemand Ihren Chef anonym beschuldigt, mit Drogen zu handeln, obwohl das Zeugs offenbar Ihnen gehört."

Lohse hatte sich wieder im Griff und zeigte sein falschestes Siegerlächeln.

„Das können Sie mir nicht beweisen."

„Mich interessieren Ihre Drogengeschichten ohnehin nur am Rande. Aber wenn Sie mir zu dem Anschlag auf Ihren Chef und dem Mord an Hünefeld etwas sagen können, würde sich das positiv auswirken."

Lohse versuchte, ehrlich zu wirken.

„Dazu weiß ich nichts."

„Hünefeld war ihr Dealer."

Lohse sah spitzbübisch drein und schwieg.

„Buschhammer hat das Zeugs für Sie von Helgoland hierher transportiert. Dafür haben Sie ihm das Flugzeug und die schicke Wohnung finanziert. Denken Sie immer an Wätjen. Das ist kein guter Komplize. Einer von Ihnen beiden kann sich erheblichen Strafnachlass erkaufen, wenn er plaudert. Ich tippe dabei auf Wätjen."

Lohse wurde bleich.

„Sie haben den Stoff mit unauffälligen Fischkuttern, die kein Schwein kontrolliert und auf denen wegen des Gestanks Drogenhunde gleich das Kotzen kriegen, nach Helgoland bringen lassen und dann per Flieger weiter nach Bremerhaven. Das können wir uns alles zusammenreimen, uns fehlen eigentlich nur noch die Mengen, aber da wird Herr Wätjen uns sicher helfen. Er hat schon so etwas angedeutet."

Lohse schnappte nach Luft wie ein Fisch im Netz.

„Die Transporte hat Buschhammer für Sie durchgeführt. Soweit ist uns das klar. Auch, dass Hünefeld für Sie gedealt hat. Aber warum ist Buschhammer abgestürzt und warum ist Hünefeld ermordet worden? Immerhin hatte Buschhammer auf seinem letzten Flug eine Ladung für Sie dabei."

Lohse wand sich wie ein Aal am Pferdekopf.

„Ich, wie …, es tut mir leid … aber dazu kann ich leider gar nichts beitragen."

„Was wusste Herr Osterloh von der ganzen Sache? Ich habe nicht den Eindruck, als wäre Herr Osterloh ein typischer Dealer.

Sein Sohn ist hochgradig abhängig. Nein, das waren Sie alleine. Auch das mit dem Stoff in der Cessna, oder?"

Der Aal kroch tiefer in den Pferdekopf hinein und spielte die drei Affen nach.

„Noch etwas macht mich stutzig. Bei den letzten Passagieren von Buschhammer handelte es sich um eine junge blonde Frau und einen älteren Herren. Am Abend der Ermordung Hünefelds haben sich im Columbuscenter eine junge Blondine und ein älterer Herr herumgetrieben. Wer könnte das sein?"

Der Aal wurde zickig.

„Keine Ahnung. Ich will einen Anwalt."

„Haben Sie sich schon mal überlegt, dass das ein Racheakt sein könnte? Von der Konkurrenz zum Beispiel? Dann wären Sie der nächste."

Rolf Lohse war ein halber Menschenkenner. Eine Schleimoffensive wie bei Doesburg brauchte er nicht zu wiederholen. Er merkte gleich, dass es sich nicht lohnte, bei Kommissar Wedekind auch nur den Anschein von Freundlichkeit oder Kooperationsbereitschaft zu wecken. Wedekind war ein fauler Hund, bei dem Taktik und Drumherum nicht zählten.

„Ich sage nichts."

„Nicht? Selber schuld. Dann dauert das eben alles ein bisschen länger. Abführen."

Wedekind blieb auch bei dem jüngsten Zufallsfund seiner ausgefeilten Vernehmungsmethode treu.

„Und Ihr sucht jetzt mal nach dem Bunker von dem Lohse."

Das war die ausgefeilte Mitarbeiterführungsmethode von Wedekind. Tim und Struppi wussten aber aus langer Erfahrung, was gemeint war.

12

Die Reaktionen auf Amtsrat Friedhelm Peters Flatulenztheorie waren unterschiedlich.

Der Chef berief ihn mit sofortiger Wirkung von seinem Posten ab und leitete ein Disziplinarverfahren mit dem Ziel der Entfernung aus dem Dienst ein, Kathrin war noch am vergangenen Wochenende auf dem Weg zur Toilette für immer verschollen und die Medien stürzten sich wie Geier auf ihn.

Ein Verleger hatte sich anerboten, sein Buchprojekt mit dem hoffnungsvollen Arbeitstitel „Der Kreuzzug des Bermudadreiecks - Tod in der Nordsee" nicht nur zu verlegen, sondern gleich schreiben zu lassen. Das hatte der Verleger schon mit mehreren Spinnern so gemacht und auf diese Weise verlässlich Bestseller produziert. Bedingung war, dass Peter die schwierige Flatulenztheorie zugunsten einer Notlandung Außerirdischer aufgab.

Außerdem musste Peter fleißig die Werbetrommel rühren, was zur Folge hatte, dass der Amtsrat sich jetzt im Fernsehen zwischen dem Enthüllungsjournalisten Peter Neudeck vom „Bremer Kurier", einem bedenklich verkommenen Assistenten der Uni Bremen, einer schwäbischen Geistheilerin und einer ehemaligen Pornoqueen wiederfand. Moderiert wurde die Expertenrunde von Uli Müller, der kaum Worte für das Geschehen fand.

„Wir von ‚Wir klagen an!' klagen an, dass deutsche Behörden uns über ein wahrhaft unglaubliches Geschehen getäuscht und im Unklaren gelassen haben. Geschehnisse von nationaler, ja sogar überregionaler Bedeutung spielen sich vor unserer Haustüre ab, ohne dass irgendetwas geschieht."

Einzig Peter Neudeck hatte sachlich vorgearbeitet. Die selbst aufgestellte Große-Busen-Blondinen-Theorie harrte schließlich noch der Bestätigung. Jetzt, wo das Flugzeug wieder ohne Passagiere aufgetaucht war, entwickelte Neudeck zum ersten Mal in seinem Leben so etwas wie journalistischen Ehrgeiz. Er hatte sich auf dem Helgoländer Flughafen im Austausch gegen eine Flasche Korn die Passagierlisten anderer Flieger besorgt, die etwa zur gleichen Zeit wie der „Todesflieger von Helgoland" gestartet waren. Auf diese Weise war er einem Rentnerpärchen aus Wuppertal auf die Spur gekommen, das zum Abschluss des Urlaubs fleißig Fotos vom Nieselregen schoss. Das Ergebnis war im Hinblick auf die Körbchengröße nicht unbedingt nach seinem Geschmack, aber heute war ihm das ausnahmsweise schnurz. Dafür war heute die Ex-Pornoqueen zuständig.

„Das hier sind die ersten Bilder von den verschwundenen Passagieren in ihren letzten unbeschwerten Minuten. Es fällt schwer, sich auszumalen, was diesen armen Menschen widerfahren ist. Fernab der Heimat, weit weg von denen, die sie lieben, in den Klauen böser Mächte der Finsternis. Unser tiefstes Mitgefühl ist Ihnen sicher."

Eilers hatte die allabendliche Kampfstellung vor dem Fernseher eingenommen.

Bestimmt würde das Fernsehen heute groß über den Mordanschlag auf Osterloh berichten. Vielleicht war er sogar selber im Bild. Es war ihm gelungen, sich gestern im Krankenhaus kurz zwischen Kamera und Moderatorin zu drängeln und optimistisch in die Linse zu grinsen.

Eilers begann die abendliche Fernseh-Gourmettour wie gewohnt mit den RTL2-News.

Ein Pandabär entlaufen, ein Kind in Oberammergau mit Heiligenschein geboren, süße Vierlinge in China tot zur Welt gekommen, neue Bilder von Paris Hilton auf einem ostzonalen FKK-Campingplatz. Und irgend so ein unangenehmer Anschlag in Jerusalem.

Eilers versuchte es bei SAT1. Auch nichts von ihm und Osterloh, aber auch nichts von Pandas und Vierlingen. Eigentlich kaum etwas außer dem Wetter. Wie konnte man das Weltgeschehen nur derart unterschiedlich beurteilen?

Zähneknirschend schaltete er zu den öffentlich-rechtlichen Berufsmiesmachern um. Ein neuer Bombenanschlag mit zwölf Toten in Farbe, abgerissene Gliedmaßen, schreiende Menschen, heulende Sirenen, neue Horrorzahlen vom Arbeitsmarkt, ein paar Brandbomben in Nordirland, Bilder von hungernden Kindern in Afrika, der Neue Markt umbenannt in Penny-Markt, das Ozonloch größer als die Atmosphäre. Ach ja, eine gute Nachricht gibt es auch: Die Benzinpreise sind diese Woche nur um drei Cent pro halben Liter gestiegen. Das Wetter: Im Süden Sonnenschein, also schützen Sie sich unbedingt vor Hautkrebs, liebe Zuschauer.

Jetzt blieb ihm gegen die aufkommenden Selbstmordgedanken nur noch „SuperTV". Er fand den Kanal blind und geriet mitten in seine Lieblingsinfoshow „Wir klagen an!". Neudeck präsentierte gerade seine fotografische Ausgrabung in Wort und Bild.

„Mensch, das ist ja, den kenne ich!"

Das hätte Eilers besser nicht gesagt, denn er hatte den Mund noch voller Paprikachips, die er jetzt vor den Augen seiner sehr reinlichen Verlobten Christiane über den frisch gefönten beigefarbenen Teppichboden versprengte.

„Staubsauger!"

„Warte mal, ich muss das unbedingt sehen."

„Du holst sofort den Staubsauger!!"

Christiane hatte zur Strafe bereits zu „Gute Luder, schlechte Luder" umgeschaltet.

Doesburg war am nächsten Morgen sehr früh im Büro, Frau Elvers leider auch.

„Sie ham schon wieder Besuch. Selbe Sorte, nur anders."

Ein Pärchen wartete auf ihn, beide um die dreißig, er groß, aufgeschwemmt, unsympathisch mit Halbglatze, mehr Pickel als freie Stellen auf der Haut, sie noch größer, Figur wie ein Hauptabwasserrohr, feuerrote Haare, Händedruck wie ein Klammeraffe. Die irre teuren Klamotten klebten ebenso fest am Leib der beiden wie der durchdringende Gestank nach Diesel, Schnaps und Schweiß. Doesburg riss das Fenster auf.

Die Röhre stellte sich langatmig vor, als wolle sie sich bei ihm bewerben.

„Und das hier ist mein neuer Freund Harald. Wir machen gerade eine tolle Reise durch das Watt. Auf einem antiken Superschiff mit einem verrückten Piratenkapitän, der alles übermangelt. Voll psycho."

„Schön."

„Und jetzt kommen wir wegen dem Fernsehen."

„Also, wenn der Krimi nicht gut war, dann ist das noch nicht automatisch ein Fall für die Mord ..."

„Nein, das Programm war super. Aber gestern haben die doch das Foto von diesen entführten außerirdischen Mutanten gezeigt. Das haben Sie doch bestimmt auch gesehen, oder?"

„Nein. Hier laufen genug echte Mutanten herum."
„Echt? Jedenfalls waren das die beiden, die wir auf Wangerooge im Hotel getroffen haben. Damit komme ich endlich ins Fernsehen, oder?"

Doesburg fand die rasch herbeigeschaffte Videoaufzeichnung von „Wir klagen an!" unsäglich.

Amtsrat Friedhelm Peter wand sich auf einem für seine Verhältnisse viel zu großen Stuhl und hinterließ unzusammenhängende Halbsätze, die schwäbische Geistheilerin hing an den Lippen von Uli Müller, der Uni-Assistent hing an seinem Glas und bei der Ex-Pornoqueen hing noch was ganz anderes.

Immerhin berichtete der Amtsrat stolz vom persönlich durchlebten Besuch einer außerirdischen Samenräuberin, für den er sogar zwei klebrige Beweisstücke vorlegen konnte.

Dann kam das Foto. Ein älterer weißhaariger Mann, eine sehr blonde, sehr schlanke Frau auf dem Weg zur Abfertigung in Helgoland. Der Mann drehte sich gerade halb zur Kamera, die Frau war nur von schräg hinten zu sehen, aber die zwei Psychotouristen waren sich ganz sicher, beide am Samstagabend nach dem Absturz im „Strandblick" von Wangerooge getroffen zu haben.

Der Mann sei regelrecht unfreundlich, ja sogar handgreiflich geworden, und das ohne jeden Grund! Es sei lediglich ihrer ausgeprägten Toleranz zuzuschreiben, dass sie damals keine Anzeige erstattet hätten.

„Damit kommen Sie ganz bestimmt ins Fernsehen."
Die rote Rolle war außer sich.
„Vielleicht klappt das ja doch noch mit meiner Modelkarriere."
Der Blick ihres pickligen Freundes verriet große Zweifel. Er hatte offenbar entgegenstehende Insiderkenntnisse.

Doesburg hatte gleich den Polizeiposten auf Wangerooge aufgeweckt und tatsächlich, ein Pärchen hatte an dem fraglichen Tag im „Strandblick" eingecheckt. Eine Nacht seien sie geblieben, unauffällig, Vater und Tochter oder so ähnlich. Der Wirt konnte sich kaum noch an die beiden erinnern, weil er in jener Nacht eine unsägliche Herde ungewaschener Dummschwätzer zu Gast gehabt hatte, wie er sich wörtlich ausdrückte. Ach ja, die beiden seien völlig durchnässt gewesen, aber das Wetter war schließlich auch nicht so toll gewesen, an dem Tag. Aber sie hätten einen großen Koffer dabei gehabt, alles normal also, im Jahrhundert der Klimakatastrophe.

13

Das alte Bauernhaus bei Weddewarden war uneinsehbar und die vom Makler in Ermangelung anderer Vorzüge lauthals angepriesene Alleinlage über jeden Zweifel erhaben.

Ein rühriger Makler hatte zwei junge Städter gefunden, die sich hier draußen in der Wurster Marsch den Traum vom Leben auf dem Lande erfüllen wollten. Er hatte mit den neuen Besitzern im Gespräch bleiben wollen, für den Fall, dass sie das Haus nach kurzer Zeit wieder verkaufen wollten. Das war hier oben fast immer der Fall, spätestens nach dem ersten norddeutschen Landwinter, aber die neuen Eigentümer erwiesen sich als ungewöhnlich hartnäckig.

Das Haus war mit hohem Aufwand in ein Luxusnest verwandelt worden. Eine Zeitlang war der aufwendige Umbau *das* Gesprächsthema in Weddewarden gewesen, aber nach einigen Monaten war die Erinnerung an Marmor, goldene Wasserhähne und Alarmanlagen verblasst und man hatte sich wieder dem ergiebigeren Dorfklatsch zugewandt, zumal sich die neuen Bewohner so vom Rest der Welt abschotteten, dass man sie geradezu vergessen musste.

Sie hörte erst nur ein komisches Geräusch. Laut, rasselnd, klappernd. Mühevoll, wie gewollt und nicht gekonnt. Als Kind war sie mit ihren Eltern einmal im Tagebaurevier von Bitterfeld gewesen. Die Riesenbagger dort klangen ähnlich. Wollte hier jemand Braunkohle abbauen? Hier, in Weddewarden? Im trockengelegten Moor? Sie trat neugierig vor die Türe.

Hier draußen kam so gut wie nie jemand zu Besuch. Der Postbote, hin und wieder ein Handwerker, die Putzfrau. Aber selbst ihre Putzfrau fuhr keine derart heruntergekommene DDR-Karre, wie sie sich jetzt hustend durch die Büsche schob, die ihr Anwesen vor neugierigen Blicken abschirmten.

Zwei Männer zwängten sich aus dem schmutzigen Lada. Übergewicht, schlechte Frisuren, buschige Popelbremsen, rote Nasen, bunte Polyesterhemden, hellblaue Bundfaltenjeans, braune Halbschuhe, weiße Socken, ein klarer Fall.

„Was will denn die Polizei hier?"

Tim und Struppi waren verwirrt. Sie waren nicht darauf gefasst, hier draußen auf dem Land zwischen Kühen und Schafen von einer veritablen Prinzessin mit telepathischen Fähigkeiten ausgefragt zu werden. Die Prinzessin war dunkelblond, schlank, sportlich und hatte eisblaue Augen über einem gemeinen Lächeln.

„Äh, wer sind Sie?"

„Ich heiße Brockmann. Und Sie?"

Tim und Struppi wiesen sich aus.

„Woran haben Sie denn gesehen, dass wir von der Polizei sind?"

„An Äußerlichkeiten. Was wollen Sie hier?"

„Wohnt hier ein Herr Lohse?"

„Nein."

„Er lässt sich aber die Post hierher nachsenden."

Das hatten Tim und Struppi heute früh ganz alleine herausgefunden.

„Ja, und?"

Struppi fiepte leise.

„Wir haben Herrn Lohse gestern festgenommen. Wegen Verstoßes gegen das Betäubungsmittelgesetz und so weiter. Das ist eine ernste Sache. Wenn Sie da mit drin hängen …"

Das arrogante Lächeln war eine Spur härter geworden.

„Sie haben bestimmt keine Untergebenen, dafür aber eine ganze Menge Vorgesetzter, oder?"

„Doch, ja, stimmt, wieso?"

„Davon will ich jetzt einen sprechen. Einen, der etwas zu sagen hat."

Wedekind war sehr empfänglich für weibliche Reize. Je älter und schwammiger er geriet, desto mehr gefiel er sich in der selten gewordenen Rolle des Casanovas. Gelegentlich bescherte ihm der Beruf Rahmenbedingungen, die attraktive Frauen animierten, freundlich zu ihm zu sein. Heute schien so ein Glückstag zu sein.

Kerstin Brockmann war ganz nach seinem Geschmack und die Geschichte mit den Handschellen trug Tim und Struppi massive

Schelte ein. An diese Handgelenke gehörte ja wohl ganz anderes Geschmeide! Bauerntöffel!

Er entschuldigte sich in aller Form bei der Dame und bat zum Kaffee. Was die Polizei denn für die Dame tun könne?

Die Dame beschwerte sich erst einmal über den dreckigen Lada. Wer die Reinigungskosten für ihr Kleid übernehmen würde? Dann kam sie zur Sache.

„Ich will die Kronzeugenregelung und das Haus und das Geld behalten."

„Aber ja doch. Da wollen wir mal sehen, was wir so machen können, nicht wahr?"

Solch ein Frauenwunder gehörte wirklich nicht in den Knast. Und ohne Haus und Geld würde sie ja der Sozialhilfe oder anderen Männern anheim fallen.

Im Gegenzug offenbarte Kerstin Brockmann alles über ihren Freund beziehungsweise, ab heute, Ex-Freund Rolf Lohse. Seit wann er womit dealte, über seine Luftbrücke von Helgoland, seine Bezugsquellen in Spanien und Nordafrika, sein Verteilernetz, seine Bunker und Konten, seine Tarnfirma „O&W Flugzeugbetriebsgesellschaft", seine sexuellen Vorlieben und seine verkommenen Freunde. Bis eben wäre Lohse mit sechs Jahren Knast ausgekommen, jetzt waren es mal eben zehn geworden.

„Und was ist mit den Sachen, die wir in der Cessna gefunden haben?"

Kerstin Brockmann sah ihn genau so an, wie er sich das wünschte.

„Das war uns selbst ein Rätsel. Erst hat Rolf mich auf diesen Unfallermittler vom Luftfahrtbundesamt angesetzt, aber der hat ja eine Vollmeise. Ich habe mich als Journalistin ausgegeben, um zu erfahren, was mit dem Flugzeug war. Wir vermuteten anfangs nämlich, dass der Pilot uns reinlegen wollte. Dass der irgendwo auf einer Wiese gelandet und mit dem Stoff abgehauen ist."

„Aber dann ist die Ware doch in dieser Cessna wieder aufgetaucht."

„Ja. Wir hatten keine Ahnung, was das sollte. Rolf hatte Angst, dass das gegen ihn gerichtet war und er nur Glück hatte, weil er während der Durchsuchung Urlaub hatte. Er ist deshalb gleich nach Helgoland, um die Spuren von Buschhammers letztem Flug wieder aufzunehmen. Er dachte, sein Kontaktmann auf der Insel würde da vielleicht mit drinhängen. Es wussten ja nicht viele von der Sache. Aber er hat nichts herausgefunden. Ehrenwort, Herr Polizeipräsident."

Wedekind genoss den Glanz und rutschte auf seiner feuchten Hose hin und her.

„Und die Passagiere von Herrn Buschhammer? Den Mann und die Frau?"

Sie klimperte gekonnt mit den Augen.

„Die habe ich gestern im Fernsehen zum ersten Mal gesehen. Die kenne ich nicht. Rolf übrigens auch nicht, der ist genauso ratlos, was das angeht. Sonst aber haben Sie den Richtigen erwischt. Ganz sicher. Der muss weggesperrt werden!"

Wedekind glaubte ihr bedingungslos und entschloss sich räuspernd, zum Abschluss noch das letzte Rätsel zu lösen.

„Also, wissen Sie, eins würde mich schon noch interessieren, nur so, unter uns, ganz am Rande, also, dieser Unfallermittler behauptet ja im Fernsehen diese komische Geschichte mit diesem, ähem, Samenraub, also, wie …"

„Ei-Lecithin-Shampoo. Ein Spritzer pro Kondom."

„Ah ja."

14

Eilers hatte das vorabendliche Chips-Teppich-Fiasko nachträglich ganz gut in den Griff bekommen. Den Teppich erst gesaugt, dann feucht abgewischt, schließlich heute früh bei Tageslicht shampooniert. So war auch Christiane halbwegs ruhig gestellt, was sie allerdings nicht hinderte, in den Bart zu murmeln, dass man Teppiche nicht teilweise shampooniere, das könne Flecken und Farbunterschiede geben. Sie diskutierten dieses Phänomen leidenschaftlich aus und gelangten zu dem Ergebnis, dass man ja am Wochenende den gesamten Boden shampoonieren könne, um jedes Risiko auszuschließen. Damit war der äußere Frieden wieder hergestellt und Eilers durfte zur Arbeit.

„Warum kommen Sie so spät? Es ist gleich elf Uhr!"

Eilers war eine grundehrliche Haut, selbst gegenüber Frau Elvers.

„Ich musste noch den Teppich shampoonieren."

„Was Blöderes fällt Ihnen auch nicht ein, oder? Sie sollen zum Chef kommen. Aber sofort!"

Das platzte aus Frau Elvers raus, als würde man eine heiße Bratwurst anpieken. Schlechte Nachrichten konnte sie nicht für sich behalten, schon gar nicht so gute.

Doesburg bohrte tief in der Nase, als Eilers sein Büro stürmte.

„Was ist los?"

„Moin. Ich hatte eben zwei Zeugen hier, die sich nach dieser abstrusen Fernsehsendung sicher sind, die Passagiere von Buschhammer am Samstag nach dem Absturz auf Wangerooge gesehen zu haben."

Eilers wuchtete sein Hinterteil in einen aufseufzenden Sessel.

„Na, das ist doch was. Ich kenne den Mann übrigens auch."

Doesburg blieb der Finger in der Nase stecken.

„Was?"

„Ich kenne den. Der, den sie gestern im Fernsehen gezeigt haben. Das ist der Vater von einem Junkie, der sich umgebracht hat. Ich habe ihm damals die Todesnachricht überbracht. Das war irgendwann im letzten Winter. Du hast dich gedrückt, wie immer."

„Wie heißt der Mann?"

Eilers zuckte die Schultern, der Rest vom Körper steckte im Sessel fest.

„Wer kann sich schon die Namen aller toten Junkies merken? Damit könnte ich ja zu ‚Wetten dass'. Aber ich weiß noch genau, wo das war. Der wohnte direkt an der Autobahn. Das Haus würde ich wiederfinden. Das war eine sehr merkwürdige Gegend."

Er hatte es nicht weit bis zu seiner Arbeitsstelle. Luftlinie fünfhundert Meter, aber da waren Autobahn und Bahndamm im Weg. Machte summasummarum zweikommavierdreifünf Kilometer. Genauestens gemessen, fürs Finanzamt und fürs Fahrtenbuch. Also wunderte sich niemand, wenn er den Wagen nahm.

Er parkte auf dem Besucherparkplatz und überlegte, was er tun sollte. Er konnte in zwei Minuten zur Arbeit gehen und alles wäre wieder so wie immer. Die Fassaden blieben stehen, aber die Wut und das Feuer würde weiter in ihm fressen, bis sie ihn vernichtet hätten. Seine Kollegen tuschelten sowieso schon hinter vorgehaltener Hand, wie sehr er in den letzten Monaten gealtert sei. Er würde nicht mehr lange leben, so oder so nicht. Warum auch. Vielleicht hatten sie ihn ja auch schon erkannt im Fernsehen.

Er gab sich einen Ruck und griff zum Handy.

Die Gegend war in der Tat merkwürdig. Etwa zwanzig Minihäuser auf taschentuchgroßen Grundstücken am Ende einer Sackgasse, alle irgendwann vom Staat für seine treuen Diener errichtet, zu einer Zeit, als Bauen deshalb billig war, weil man billig baute. Wahrscheinlich war mehr Geld für Beamtenbestechung als für Baumaterial ausgegeben worden. Man sah den Häusern bis in die letzte Fuge an, dass Vater Staat bereits beim Bau pleite war. Es hatte weder für ordentliche Bausubstanz noch für anständige Grundstücke gereicht. Da musste ein sumpfiges Handtuch an der Autobahn herhalten, das selbst von balzenden Fröschen verschmäht wurde. Ein paar Meter weiter begann das triste Gelände des halb verfallenen Jugendknasts.

„Bist du sicher, dass es hier war?"

„Ja. So etwas habe ich nie wieder gesehen."

„Und welches von diesen geklonten Papphäusern soll es sein?"

Jetzt war selbst der Hobbypfadfinder Eilers ratlos.
„Da müssen wir halt alle abklappern. Du rechts, ich links."

„Ich kann heute leider nicht kommen. Ich muss eine dringende Familienangelegenheit klären, es tut mir wirklich leid."
„Mensch, so kurzfristig. Wie sollen wir denn da Ersatz finden? Sie kennen doch unseren Krankenstand. Können Sie das nicht verschieben?"
„Es geht leider nicht anders. Wirklich nicht. Es geht um meinen Sohn. Morgen bin ich wieder ..."
Er brach ab. Was für ein Unsinn, morgen war vorgestern.

Nummer eins links versuchte mit aller Macht, eine wohlanständige Fassade von Wohlstand zu erzeugen.
Friesenbank aus dem Baumarkt, rustikales Mühlrad, bunte Glasbausteine, Windfang aus dem Quelle-Katalog vor einer Gipswand mit aufgenagelter Eternitverschalung. Eilers konnte den Eternitvertreter noch schwätzen hören. Eine zu kurz gekommene Frau öffnete einen Spalt und sah Eilers misstrauisch an.
„Guten Tag. Schönes Haus haben Sie. Ich suche jemanden, dessen Sohn vor einem knappen Jahr Selbstmord verübt hat."
Der Türspalt wurde enger.
„Wir haben hier ja schon alles gehabt. Dachte ich jedenfalls. Teppichzigeuner, Zeitschriftendrücker, Zeugen Jehovas, bettelnde Beamte, aber nekrophile Dicke sind neu."
„Ich bin von der Polizei."
Sein Ausweis gab ihm Schützenhilfe.
„Ach so. Wir geben nur noch zu Silvester."

Die Autobahn flog wie eine ferngesteuerte Carrerabahn unter ihm und seinem Astra durch. Ihlpohl, Schwanewede. Bei Uthlede klingelte sein Handy. Er ging nicht ran, denn er hatte keine Freisprecheinrichtung und er hielt sich sehr an die Gesetze. Ordnung war wichtig.
Er schaltete das Handy aus und schleuderte es weit aus dem Fenster. Er sah im Rückspiegel, wie es auf der Fahrbahn aufschlug und in tausend Einzelteile zersprang.
Er hatte vor einem Jahr im Nachtprogramm einen Film gesehen. Er wollte den Film gar nicht sehen, aber er musste Wache

halten, Marco schob damals gerade einen Affen und so sah er sich irgendwas an.

Das machte er sonst nie. Selbst das Fernsehprogramm war in der Familie sorgfältig geplant. Normalerweise, aber was war schon normal, wenn sich im Nachbarzimmer ein Junkie entgiftete? Sein eigener Sohn schrie und bettelte um Hilfe, die er ihm verweigerte. Verweigern musste. Sein eigener Sohn verfluchte ihn dafür mit Worten, die er bis dahin nicht gekannt hatte. Er wusste schon gar nicht mehr, was er den Nachbarn sagen sollte. An Schlaf war nicht zu denken, also sah er sich im Tran irgendeinen Dokumentarfilm an.

In dem Film ging es um eine dieser vielen Bombenanschläge im Nahen Osten. Offenkundig wurde ein Anschlag von einem mäßig begabten Kamerateam nachgestellt. Ein Riesenknall, eine Rauchwolke, aber alle Umstehenden schauten seltsam unbeteiligt, wie schlecht bezahlte Statisten einer dieser bescheuerten Gerichtsshows. Doch dann bemerkte er, wie die Wolke auf ihn zu trieb, unaufhaltsam, und mit einem Mal war er von den Flammen umzingelt. Alle Statisten sahen ihn mit einem Mal aufmerksam an, als müsse er geopfert werden. Nichts mehr von der anfänglichen Ignoranz.

Er! Was hatte er mit der ganzen Sache zu schaffen? Er hatte doch keine Bombe geworfen! Die Flammen züngelten schon an seinen Beinen hoch. Warum half ihm denn niemand? Er war wie gelähmt und in Watte gepackt.

„Willst du dir nicht etwas im Fernsehen anschauen?"

Seine Frau hatte ihn wachgerüttelt und auf das Testbild gezeigt.

„Du hast im Schlaf geschrieen."

„Guten Tag. Ich bin von der Polizei und suche jemanden, dessen Sohn vor einem knappen Jahr Selbstmord verübt hat."

Der angetrunkene Jugendliche schien dreizehn und Satanist zu sein.

„Hausnummer zwölf vor neun Monaten, Nummer sechs vor zwei Monaten, hier in drei Wochen."

„Danke schön für Ihre Hilfe."

Ihm ging erst viel später auf, dass der Traumfilm ein Zeichen gewesen war. Er war im Fegefeuer gelandet.

Sein Leben und das seiner Familie waren schon lange nicht mehr normal. Diese verfluchten Drogen hatten alles aus den Fugen gehoben, die Familie, den Wohlstand, das schöne Haus, den geliebten Beruf. Einfach alles. Das ganze Leben.

Als er merkte, was eigentlich los war, hatten ihn die Flammen schon umstellt. Er hatte nacheinander alle Feuerlöscher ausprobiert, aber jedes Mal riss der Griff ab.

Und jetzt war es zu spät. Er konnte nicht zurück und freute sich auf die Hölle. Sie konnte nicht schlimmer sein als das Fegefeuer, das er nun schon seit fünf Jahren durchlitt. Aber er musste noch etwas tun für seine Erlösung. Heutzutage musste man sich selbst seinen Platz in der Hölle verdienen. Er war dazu bereit.

Schiffdorf. Noch bot der Weg ein paar Abzweigungen zurück ans graue Tageslicht, aber er würde sie nicht nehmen.

Eilers drückte die namenlose Klingel von Nummer zwölf und steckte seinen Ausweis durch den Türschlitz.

„Ja, bitte?"

Die Frau war vergrämt und verhutzelt und sah vermutlich älter aus, als sie war. Das rosa Strickkleid hätte auch einem Kind gepasst, aber Kinder hatten nicht so tiefe Augenringe.

„Wir kommen wegen Ihrem Mann, Frau ..."

„Mein Mann ist nicht da. Ich weiß, wer Sie sind. Sie haben uns das damals mit Marco gesagt."

„Ja, das stimmt. Wir müssen Ihren Mann dringend sprechen, Frau ..."

„Röder."

Er parkte irgendwo auf dem weitläufigen Areal. Wäre sein Auto leichter gewesen, hätte er es wie vorhin das Handy weggeworfen. Er schloss es zum allerersten Mal in seinem Leben nicht ab.

Der feudale Eingang stand weit offen und niemand beachtete ihn.

Er marschierte schon genauso ferngesteuert durch die Gegend wie seine Kunden auf der Arbeit. Aber anders als die hatte er sein Ziel direkt vor Augen.

Er konnte voraus schon die Glut und das Feuer spüren. Gleich war er da.

„Was wollen Sie von meinem Mann?"

Frau Röder hielt sich an der wehrhaften Schrankwand mit Türmchen und Zinnen fest und sah Eilers auf den Bauch. Doesburg hielt sich im Hintergrund und besah die gestickten Rehbilder an der Wand.

„Wir müssen mit ihm reden. Wo finden wir ihn?"

„Im Dienst."

„Wo ist das?"

„Mein Mann ist Bediensteter im Justizvollzug. Wie alle hier in der Siedlung."

„Im Knast. Und da ist er jetzt?"

„Das heißt Justizvollzugsanstalt und nicht Knast. Ich sag ja auch nicht Bulle zu Ihnen. Er hat die Schicht bis sieben."

Doesburg sah auf die Uhr. Eins gerade durch, Zeit genug. Er gab Eilers ein Zeichen, weiterzumachen.

„Frau Röder, Sie haben einen Sohn ..."

Ihre Miene vereiste.

„Marco ist tot."

„Das wissen wir. Er hat Selbstmord begangen, wenn ich mich richtig erinnere, nicht wahr?"

„Deswegen kommen sie ja wohl nicht? Das wäre auch zu schön, wenn sich die Polizei um einen toten Drogenabhängigen kümmern würde. Dafür gibt es doch Bestattungsunternehmen."

Eilers ruderte hilflos.

„Ihr Sohn hat Selbstmord begangen, daran bestand überhaupt kein Zweifel. Da können wir nichts weiter unternehmen, so leid mir das tut."

„So ein hirnverbrannter Blödsinn. Nichts tut Ihnen leid und verstehen tun Sie auch nichts. Unser Sohn hatte gar keinen freien Willen mehr. Diese verdammten Drogen haben ihn zu einer Marionette gemacht."

Sie warf Eilers einen vernichtenden Blick zu.

„Unser Sohn ist ermordet worden. Von seinem Dealer. Von der Drogenmafia. Und wenn Sie das nicht verstehen, haben Sie Ihren Beruf verfehlt und das Land geht vor die Hunde. Aber das tut es ja sowieso."

„Das mögen Sie als Betroffene ja so sehen, aber juristisch ..."

„Der Mörder läuft frei herum und mein Sohn ist tot. So ist das und kein bisschen anders. Was machen Sie denn gegen Drogen? Na? Was denn? Gibt es durch die Arbeit der Polizei etwa weniger Drogen auf der Welt? Sie machen Drogen durch Ihre Arbeit vielleicht etwas teurer und vergrößern den Profit, das ist alles. Toller Erfolg."

Sie holte tief Luft.

„Wissen Sie, was mit Familien passiert, wenn da einer drogenabhängig wird? Das ist wie ein Krebsgeschwür, alle gehen vor die Hunde. Alle. Das einzige, was sie tun können, ist, das Geschwür zu entfernen und es rauszuschmeißen. Aber das geht nicht, wenn es das einzige Kind ist. Da machen Sie weiter, bis alles vor die Hunde geht. Oder meinen Sie, wir führen hier noch eine normale Ehe? Mein Mann ist fast durchgedreht, der hat das nicht verkraftet. Aber man kann das auch gar nicht mit ansehen und normal bleiben."

„Aber was sollen wir denn noch ..."

„Ganz einfach. Todesstrafe für jeden Dealer. Was meinen Sie, wie schnell die das Dealen drangeben würden. Erschießen Sie die Schweine, Sie dürfen das doch."

Eilers schwitzte und suchte vertrautes Terrain.

„Haben Sie eine Ahnung, wer der Dealer Ihres Sohnes war?"

„Fragen Sie seine Freundin. Die lebt noch und weiß das ganz sicher."

Doesburg wurde im Hintergrund plötzlich schwindelig.

„Freundin? Heißt die etwa Angelika Blix?"

Das Feuer drohte zu erkalten. Wie früher beim Blindekuh-Spiel mit Marco, als der noch ein Kind war. Kalt, wärmer, heiß, wieder kalt. Falsche Richtung, mein Junge. Ja, jetzt wird es wieder warm! Bevor diese dreckigen Killer ihn zwischen die Finger bekamen.

„Entschuldigen Sie, ich habe mich verlaufen. Wo geht es hier zur Intensivstation?"

„Da vorne rechts. Sie sind gleich da. Da dürfen Sie aber nicht rein. Auch nicht in Uniform."

Doesburg bekam vor Schreck Schluckauf.

„Wissen Sie, warum wir hier sind? Weil Ihr Mann zusammen mit einer jungen Frau auf dem Helgoländer Flughafen fotografiert wurde, kurz bevor sie beide in das Flugzeug stiegen, das später abstürzte. Wir vermuten, dass mit der Maschine Drogen transportiert wurden. Und ein paar Tage später wird der Dealer Ihres Sohnes im Columbusbahnhof ermordet, vermutlich von den gleichen Personen."

„Na und? Zwei Dealer sind tot. Was ist schon dabei?"

Doesburg konnte es immer noch nicht fassen und ließ sich auf die grüne Cordcouch fallen.

„Ihr Mann und Angelika Blix. Die war wenigstens noch so schlau, eine Perücke aufzusetzen."

„Angelika ist in Ordnung. Ich kenne niemanden, der es geschafft hat, von dem Dreck loszukommen. Sie war oft hier und hat uns geholfen."

Ihn durchzuckte ein Gedanke.

„Und der Anschlag auf Udo Osterloh?"

„Das ist das größte Schwein von allen."

Intensivstation, Zutritt verboten. Lächerlich. Hier wurden Drecksdealer aufgepäppelt, hier war Zutritt Pflicht.

Der Gang war endlos lang und voller Gerätschaften. Ihm wurde heiß, er schwitzte. Rechts offene Kabinen, in jeder ein Bett mit einer Mumie an Schläuchen. Verdammt, wo waren hier die Namensschilder?

Kokoschinski, Arno, 12.11.1921.

Schnell in die nächste Box. Schwarze Frauenhaare über einem gelben Gesicht, falsch, weiter.

„Hee, Sie da! Was machen Sie hier? Wer sind Sie?"

Gute Frage. Aber keine Zeit für eine Antwort.

Die nächste Box. Vollmumie, einschließlich Kopf. Falsch, den Kopf hatte er beim letzten Mal nicht getroffen. Weiter, die Zeit wurde knapp. Außerdem wurde es immer heißer.

„Bleiben Sie stehen!"

Zwei Krankenschwestern beugten sich über ein Kind. Als sie ihn sahen, zuckten sie zusammen. Die eine versteckte sich hinter dem Bett, die andere versuchte unbeholfen, das Kind zu schützen.

„Nicht ..."

„Ich ... ich tue Ihnen nichts. Wirklich!"

Normale Menschen brauchten doch keine Angst vor Ihm zu haben! Kinder schon gar nicht.

Weiter!

Osterloh, Udo, 18.05.1951.

Brennender Schweiß lief ihm in die Augen, die Brille beschlug, sein Atem war heiß wie der eines Feuerschluckers. Er hob die Pistole und drückte ab, so oft und so fest er konnte. Jeder Knall erlöste ihn ein kleines Stück und schob ihn tiefer in den Gang hinein.

Eilers Stimme klang dünn, als er das Telefon auflegte.
„Röder ist nicht auf der Arbeit. Er hat angerufen und sich damit entschuldigt, dass er eine unaufschiebbare Familienangelegenheit zu erledigen hat."

Nur noch wenige Meter bis zum Ziel.
„Halt! Stehen bleiben!"
Blind stolperte er vorwärts, auf die Stimmen und den Lärm zu.
„Halt! Stehen bleiben!"
Er hob die Pistole hoch und sah den Zieleinlauf. Endlich erfasste ihn das Feuer ganz. Er spürte, wie es um ihn herum immer heißer wurde, während die ganze Vergangenheit mit Pauken und Trompeten in einem tiefroten Glutball versank.

15

Es war Abend geworden. Sie hatten Frau Röder in der Psychiatrie abgeliefert und waren zurück nach Bremerhaven gefahren.

Röder war von Kugeln regelrecht durchsiebt worden, das vom Krankenhauspersonal alarmierte SEK hatte ganze Arbeit geleistet. Dass Röders Waffe längst leer geschossen gewesen war und zehn bis an die Zähne bewaffnete Männer einem armseligen, verwirrten Opa mit glückseligem Lächeln auf dem verzerrten Gesicht gegenübergestanden hatten, hatte niemanden irritiert

„Was sollten wir denn machen. Sie glauben gar nicht, wie viele Verrückte es auf der Welt gibt."

Davon hatte Doesburg durchaus eine Vorstellung und er vermutete einen aus dieser Spezies in seinem Gesprächspartner vom SEK.

Eilers durfte nach Hause, Fernsehen, er hoffte immer noch auf einen gelungenen Kurzauftritt, und Doesburg machte sich auf den Weg zum dunklen Hauptkanal.

„Ich habe Sie schon erwartet."

Angelika Blix ließ ihn in die Wohnung.

Fast alle Möbel waren verschwunden. Der Strom war abgestellt, ein paar Kerzen erzeugten Kirchenglanz. Es roch nach frischer Farbe.

„Renovieren Sie gerade?"

„Nein, ich ziehe aus."

Sie standen sich in der leeren Küche gegenüber wie zwei schlechte Schauspielschüler, die nicht wussten, was sie tun sollten.

„Hermann Röder ist tot."

„Ich weiß."

„Woher? Das war noch nicht in den Nachrichten."

„Nein. Er hat es mir gesagt. Er hat sich erschossen, oder?"

„So ähnlich. Er hat versucht, Udo Osterloh zu erschießen und sich dann dem SEK mit gezogener Waffe entgegengestellt. Sie können sich vielleicht denken, was die Kollegen mit ihren Maschinengewehren angestellt haben."

„Er wollte das so."

„Warum wollte er Herrn Osterloh überhaupt töten?"

„Weil Osterloh ein Dealer war."

Doesburg setzte sich auf eine Kiste.

„Nach unseren Erkenntnissen stimmt das nicht. Osterloh hat mit Drogen nichts am Hut, im Gegenteil, er hat selber einen schwer drogenabhängigen Sohn."

Er konnte ihren Gesichtsausdruck in der Dunkelheit nicht erkennen.

„Das glaube ich nicht."

Ihre Stimme war verändert.

„So ist es aber."

„Ist Osterloh tot?"

„Nein. Er war zur Untersuchung auf einer anderen Station. Röder hat nur das Kopfkissen durchsiebt."

„Wird er überleben?"

„Das ist noch nicht absehbar. Waren Sie dabei, als Röder auf ihn schoss? Ich meine am Dienstag, in seiner Wohnung?"

Sie schüttelte den Kopf.

„Nein. Aber ich wusste davon."

„Warum?"

„Weil die Polizei Osterloh freigelassen hat, darum."

„Sie haben alle Dealer, die Sie finden konnten, umgebracht, nicht wahr?"

Sie schüttelte wieder den Kopf.

„Nein. Nur die Dealer, die Marco auf dem Gewissen haben. Dennis Hünefeld, Rolf Lohse, Udo Osterloh. Die ganze Kette bis nach Nordafrika. Die auf dem Schiff wollten wir uns auch noch vornehmen. Aber das ist schwer."

„Was ist auf dem Flug passiert? Da hatten Sie den Piloten im Visier?"

„Ja. Wir wussten, dass er Transporte für Lohse durchführte. Das war leicht zu beobachten, außerdem hat Dennis geplaudert. Ich hatte damals ein Verhältnis mit Hünefeld angefangen, nichts Ernstes, aber Dennis war hinter allem her, was Röcke trug. Er hat mir alles erzählt, er dachte, ich sei auf seiner Seite und er platze geradezu vor Stolz, wie toll alles organisiert war."

„Was passierte auf dem Flug?"

„Wir wollten den Piloten mit der Pistole zwingen, unter dem Radar zu fliegen und die Maschine auf einer Wiese zu landen. Der hat das aber vermasselt, er hat die Maschine ins Wasser stürzen lassen, zum Glück war diese Insel in der Nähe. Ich hatte den Eindruck, dass er ziemlich stoned war. Der hat uns gar nicht richtig wahrgenommen und immerzu irgendwas vom Bermudadreieck und einer Wolkenwand gefaselt. Da war aber gar nichts."

„Wir wissen, dass Buschhammer vor dem Flug reichlich Pillen geschluckt hat."

„Ja, irgendwie sah er so aus. Aber als Pilot ... ich kann das gar nicht glauben."

„Hat Buschhammer den Absturz überlebt?"

„Weiß ich nicht. Wir sind gerade noch aus der Maschine gekommen, haben uns einen der beiden Koffer unter den Nagel gerissen und sind den Strand hoch. Der war zum Glück ganz in der Nähe."

„Buschhammer hat es nicht geschafft."

„Nein. Wir haben Buschhammer nicht mehr gesehen. Der ist wohl mit der Maschine untergegangen. Genau wie der zweite Koffer."

„Den Kofferinhalt haben Sie dann Osterloh untergeschoben?"

„Ja. Hermann wollte, dass Osterloh zu ihm in den Knast kommt. Er wollte ihm dort die Hölle auf Erden bereiten."

„Wie sind Sie überhaupt auf Osterloh gekommen?"

„Dennis hat von seinem besten Freud und Lieferanten Rolf Lohse berichtet. Der hat diese Luftwerft als Schaltzentrale benutzt. Und Osterloh war der Chef von dem Laden."

„Osterloh wusste von nichts, glauben Sie mir."

Sie schwiegen beide, bis Doesburg sich räusperte.

„Und Dennis Hünefeld?"

„Den hab ich für eine Nummer zu unserem alten Treffpunkt am Columbusbahnhof gelockt. Das war immer schon einfach. Hermann hat dort auf uns gewartet."

Doesburg stand auf.

„Ich muss sie mitnehmen."

Der Koffer war bereits gepackt.

„Ich sagte ja, dass ich heute ausziehen würde."

Im Treppenhaus blieb sie stehen.

„Haben Sie eine Vorstellung, was mich erwartet?"

Doesburg zögerte.

„Schwer zu sagen. Nach dem, was Sie mir eben erzählt haben, alles zwischen sechs und fünfzehn Jahren. Das hängt auch davon ab, ob Herr Osterloh überlebt. Aber eigentlich können wir Ihnen kaum etwas nachweisen. Wenn Sie also nachher beim Protokoll nichts sagen …"

So etwas Ähnliches wie Zufall schwemmte ihn zwei Stunden später in die gleiche Kneipe wie Anfang der Woche. Angelika Blix hatte von ihrem Recht zu Schweigen keinen Gebrauch gemacht, im Gegenteil. Sie würde erst als alte Frau wieder frei sein. Wahrscheinlich war das ihre Art, mit der Sache fertig zu werden. Wahrscheinlich würde sie nie damit fertig werden. Wahrscheinlich würde sie sich bald das Leben nehmen.

Er konnte von seinem Platz die schäbige Klapptüre des Bremerhavener Zentrum für Suchthilfe beobachten. Sie war ständig in Bewegung und spuckte nach einer Weile einen mit seinem neuen Geschäftsmodell offensichtlich hochzufriedenen Eckart Meyerdierks auf die Straße und zu seinem neuen Motorrad. Eckart zählte verstohlen ein Bündel Geldscheine. Eckart würde bald Corvette fahren, soviel stand fest.

Band 2 der Trilogie von Johanna Kierberg erscheint im Frühjahr 2008 unter dem Titel:
„Von Autos und Menschen"

Band 3 erscheint im Herbst 2008.